Ingrid Uebe kommt aus Essen an der Ruhr und wohnt heute in Köln am Rhein. Seit sie lesen konnte, träumte sie von einem Beruf, der etwas mit Schreiben zu tun hat. So wurde sie nicht nur Journalistin, sondern auch eine erfolgreiche Kinderbuchautorin. In der Fischer Schatzinsel sind von Ingrid Uebe außerdem ›Mascha Marabu‹ (Bd. 80389) und ›Mascha Marabu und die verhexte Lehrerin‹ (Bd. 80445) erschienen.

Heinz Ortner, 1953 im österreichischen Villach geboren, studierte an der Hochschule für Angewandte Kunst in Wien. Seit 1976 arbeitet er als Bildhauer, Cartoonist und Kinderbuchillustrator. Heinz Ortner lebt mit seiner Familie in der Nähe von Villach.

Angela Weinhold, 1955 in Geesthacht/Schleswig-Holstein geboren, wuchs in Ostfriesland auf. Sie studierte Grafik Design an der ehemaligen Folkwang-Hochschule in Essen. Seit 1980 arbeitet sie als Illustratorin für Schul- und Jugendbuchverlage.

Unsere Internet-Adresse: www.fischerschatzinsel.de

Die schönsten Erstlesegeschichten von Ingrid Uebe

Mit Bildern von Heinz Ortner
und Angela Weinhold

Fischer Taschenbuch Verlag

Fischer Schatzinsel
Herausgegeben von Eva Kutter

Veröffentlicht im Fischer Taschenbuch Verlag,
einem Unternehmen der S. Fischer Verlag GmbH,
Frankfurt am Main, Juni 2004

Lizenzausgabe mit freundlicher Genehmigung des Loewe Verlags,
Bindlach
›Dinosauriergeschichten‹

›Spukgeschichten‹

›Vampirgeschichten‹

Satz: Pinkuin Satz und Datentechnik, Berlin
Druck und Bindung: Clausen & Bosse, Leck
Printed in Germany
ISBN 3-596-80511-2

Nach den Regeln der neuen Rechtschreibung

Inhalt

Dinosauriergeschichten

Spukgeschichten

Vampirgeschichten

Dinosauriergeschichten

Mit Bildern von Heinz Ortner

Der Geburtstagswunsch

Peter hatte diesmal nur einen einzigen Geburtstagswunsch. Er wünschte sich einen kleinen Dinosaurier. Zuerst sagte er es Mama. Die schlug vor Schreck die Hände über dem Kopf zusammen und rief: »Aber Peter, das geht nicht. Es gibt doch gar keine Dinosaurier mehr. Sie sind doch längst ausgestorben.«

»Ich will aber unbedingt einen haben«, sagte Peter. »Du musst mit Papa darüber sprechen. Bestimmt kann er irgendwo einen besorgen.«

Peter hatte großes Vertrauen zu seinem Vater. Zu seiner Mutter natürlich auch. Und zusammen waren die beiden einfach unschlagbar.

ABENDZEI

Am Abend, als Peter schon schlief, sprach Mama mit Papa.
»Einen kleinen Dinosaurier?«, fragte Papa und schüttelte den Kopf. »Der Junge ist wohl verrückt! Wo soll ich denn einen kleinen Dinosaurier herkriegen?«
»Ich weiß auch nicht«, sagte Mama. »Aber Peter glaubt fest daran, dass du alles kannst. Auch das Unmögliche.«
Papa wollte sehr gern alles können. Auch das Unmögliche. Und vor allem wollte er, dass Peter fest daran glaubte.
Also beschloss er sich umzugucken.
Am nächsten Tag ging er in die Tierhandlung und sagte: »Ich hätte gern einen kleinen Dinosaurier.«
Der Tierhändler sah ihn erstaunt an. »Aber Dinosaurier haben wir nicht«, antwortete er. »Weder große noch kleine. Aber wir haben sehr niedliche Meerschweinchen. Die nehmen nicht so viel Platz weg.«
Papa schüttelte den Kopf. »Nein, Meer-

schweinchen kann ich nicht brauchen. Mein Peter hat sich einen kleinen Dinosaurier zum Geburtstag gewünscht. Etwas anderes will er nicht haben.«

»Vielleicht versuchen Sie es einmal im Warenhaus«, sagte der Tierhändler. »Da haben sie eine größere Auswahl. Sie können unter ihrem Dach ja auch mehr unterbringen.«

Da ging Papa ins Warenhaus. Er fuhr mit der Rolltreppe in die Tierabteilung. Dort gab es Streifenhörnchen, Fische, Wellensittiche und kleine Hunde. Nur Dinosaurier sah er nicht.

Der Verkäufer runzelte die Stirn, als Papa danach fragte. »Dinosaurier führen wir nicht«, sagte er. »Die Nachfrage ist nur gering. Genau genommen sind Sie der Erste, der einen haben will.«

Papa fuhr mit der Rolltreppe wieder nach unten und verließ das Warenhaus. Er wollte sich schon betrübt auf den Heimweg

machen – da hatte er eine gute Idee: Vielleicht konnte er es im Zoo versuchen! Auf alle Fälle würde man ihm dort eine sachkundige Auskunft geben.
Also fuhr Papa zum Zoo. Er kaufte eine Eintrittskarte und fragte gleich an der Kasse nach dem Direktor. Ein Wärter zeigte ihm den Weg.
Achtlos ging Papa an den Elefanten, den Bären, Löwen und Tigern vorbei. Er warf auch keinen Blick auf die Affen. Nein, er marschierte schnurstracks ins Büro des Zoodirektors, der hinter einem riesigen Schreibtisch thronte.
»Guten Tag, Herr Direktor!«, sagte Papa. »Können Sie mir vielleicht sagen, wo man kleine Dinosaurier bekommt? Ich weiß, dass das schwierig ist, vielleicht sogar unmöglich. Aber mein Peter will unbedingt einen zum Geburtstag haben.«
Der Zoodirektor seufzte. »Ich würde auch sehr gern einen kleinen Dinosaurier

haben«, sagte er dann. »Zum Geburtstag oder auch an jedem anderen Tag meines Lebens. Dafür würde ich alles geben, was ich besitze, und alles tun, was man von mir verlangt. Aber das ist nur ein Traum. In Wirklichkeit weiß ich, dass der letzte Dinosaurier vor ungefähr fünfundsechzig Millionen Jahren gestorben ist. Ich kann Ihnen beim besten Willen nicht helfen.«
»Schade!«, sagte Papa bedauernd. »Im

Grunde habe ich das befürchtet. Aber ich wollte nichts unversucht lassen.«
Traurig machte er sich auf den Heimweg. Mama sah ihm natürlich gleich an, dass er nirgendwo einen kleinen Dinosaurier bekommen hatte.
Aber Peter merkte nichts. Er freute sich sehr auf seinen Geburtstag. Er war schon ganz aufgeregt. Beim Abendbrot sagte er: »Morgen ist es soweit. Morgen geht mein großer Wunsch in Erfüllung.«
»Hör mal, mein Junge«, sagte Papa, »ich fürchte …« Aber mehr sagte er nicht.
Mama schüttelte leise den Kopf und legte einen Finger auf die Lippen. Da schluckte Papa den Rest mit einem Stück Butterbrot runter.
Als Peter im Bett lag, ging Mama an ihren Nähkasten und kramte eine Weile darin herum. Dann setzte sie sich zu Papa aufs Sofa.
Sie sagte lächelnd: »Wenn man keinen

Dinosaurier kaufen kann, dann muss man eben selbst einen machen.«
Mama legte ein Stück grünen Samt auf den Tisch und schnitt es zu. Dann nahm sie Nadel und Faden und begann zu nähen. Papa sah zu.
Kurz vor Mitternacht hatte Mama den kleinen Dinosaurier endlich fertig. Er war etwa so groß wie ein Teddybär. Er hatte einen festen, weichen Körper und einen langen, beweglichen Hals. Er blickte aus blanken Knopfaugen vergnügt in die Welt.
Am nächsten Morgen brannten auf Peters Geburtstagstisch acht Kerzen. Daneben stand eine Vase mit bunten Blumen. Davor lagen die Geschenke: ein Spiel, ein Buch, ein Pullover, eine Tafel Schokolade. Und dann noch ein hohes viereckiges Paket.
Peter packte es aus und strahlte über das ganze Gesicht. Ein kleiner, samtweicher grüner Dinosaurier reckte ihm seinen Hals entgegen.

»Er ist wunderschön!«, rief Peter begeistert. »Genau so einen Dinosaurier habe ich mir gewünscht. Eigentlich ist er besser als ein lebendiger, weil er nicht wächst und weil ich ihn überall mit hinnehmen kann.«
»Ja, da hast du Recht«, sagte Papa nun

erleichtert. »Wenn du willst, kannst du ihn schon heute Nachmittag mit in den Zoo nehmen. Ich lade euch ein. Vielleicht begegnen wir dem Zoodirektor. Ich bin sicher, dass er ganz neidisch ist, wenn er deinen kleinen Dinosaurier sieht.«
Das war ein guter Vorschlag! Peter nickte begeistert. Ein Zoobesuch war noch ein Geburtstagsgeschenk mehr. Er bewunderte nun auch die anderen Sachen, die er bekommen hatte. Seinen kleinen Dinosaurier ließ er dabei nicht los.

Blauschleifchen

Es war einmal ein kleiner süßer Dinosaurier. Den hatten alle anderen Dinosaurier sehr lieb. Am allerliebsten aber hatte ihn seine Großmutter Bronto. Die brachte ihm immer etwas mit, wenn sie zu Besuch kam.

Einmal schenkte sie ihm eine blaue Schleife für seinen langen Hals. Die trug der kleine Dinosaurier nun jeden Tag. Er mochte sie gar nicht mehr ausziehen. Deshalb nannte ihn alle Welt nur noch Blauschleifchen.

Eines Tages rief ihn seine Mutter und sprach: »Komm, Blauschleifchen! Hier hast du eine Gemüsepastete und eine Flasche klares Quellwasser. Bring das zu Großmutter Bronto. Es wird ihr bestimmt gut tun. Sie ist ein wenig krank und kann eine Stärkung brauchen.«

Blauschleifchen nahm das Körbchen und wollte sich schon auf den Weg machen.

Da rief die Mutter ihm ängstlich nach: »Lauf aber nicht vom Weg ab! Und vergiss nicht, Großmutter Bronto einen guten Morgen zu wünschen!«

»Ich will schon alles richtig machen«,

versprach Blauschleifchen und lief in den dunklen Wald.
Dort begegnete ihm der böse Tyranno.
»Guten Tag, Blauschleifchen!«, sprach er.
»Wohin gehst du so früh?«
»Zu Großmutter Bronto«, sagte Blauschleifchen. »Ich bringe ihr eine köstliche Gemüsepastete und klares Quellwasser. Damit soll sie sich stärken.«
»Blauschleifchen, wo wohnt Großmutter Bronto?«, fragte der böse Tyranno.
»Unter den drei großen Palmen«, sagte Blauschleifchen. »Du bist bestimmt schon einmal an ihrem Häuschen vorbeigekommen.«
Da wusste der böse Tyranno genug.
»Blauschleifchen«, sprach er, »sieh einmal die saftigen Gräser! Willst du davon nicht einen Strauß für Großmutter Bronto pflücken?«
Blauschleifchen blickte sich um.
»Tyranno hat Recht!«, dachte es. »Groß-

mutter Bronto wird sich gewiss über einen schönen Strauß freuen.«
Es lief vom Weg ab und geriet immer tiefer in den Wald hinein.
Der böse Tyranno aber ging geradewegs zum Haus von Großmutter Bronto und klopfte an die Tür.
»Wer ist draußen?«, rief die Großmutter.
»Blauschleifchen«, antwortete der böse Tyranno mit verstellter Stimme. »Ich bringe Gemüsepastete und frisches Quellwasser!«
»Drück nur auf die Klinke!«, rief Großmutter Bronto. »Ich bin zu schwach und kann nicht aufstehen.«

Der böse Tyranno drückte auf die Klinke, lief ins Haus und fraß Großmutter Bronto auf. Dann legte er sich ins Bett und zog die Vorhänge vor.
Als Blauschleifchen einen großen Strauß saftiger Gräser gesammelt hatte, machte es sich wieder auf den Weg zur Großmutter.
Es trat ins Haus und sagte laut: »Guten Morgen!« Dann ging es zum Bett und zog die Vorhänge auf.
»Großmutter Bronto«, rief es laut, »du hast dich aber hoch zugedeckt! Ich kann dich ja kaum erkennen.«
»Ich habe hohes Fieber, mein Kind«, sagte der böse Tyranno mit verstellter Stimme.
»Da muss man sich so hoch zudecken.«
Unter der Bettdecke aber kamen auf beiden Seiten die kurzen Vorderbeine des Untiers ein wenig hervor.
»Großmutter Bronto«, sagte Blauschleifchen, »was hast du nur für kurze Beine?«

»Kurz, aber kräftig«, antwortete der böse Tyranno. »Ich kann dich damit packen und festhalten.« Mit diesen Worten sprang er aus dem Bett und verschlang das arme Blauschleifchen.
Als er satt war, legte er sich wieder hin. Er schlief gleich ein und fing laut an zu schnarchen.
Nach einer Weile kam der große Jäger Tenonto an dem Haus vorbei. Er hörte das Schnarchen und dachte: »Ich will nachsehen, ob Großmutter Bronto sich nicht wohl fühlt!«
Er ging hinein und fand den bösen Tyranno schlafend im Bett.
»Finde ich dich hier, du alter Sünder?«, sprach der große Jäger Tenonto. »Ich habe dich lange gesucht.«
Daraufhin ritzte er mit seiner scharfen Kralle dem bösen Tyranno den Bauch auf. Es dauerte nicht lange, da sah er das blaue Schleifchen leuchten. Und schon einen

Augenblick später sprang Blauschleifchen heraus. Zum guten Schluss kam auch Großmutter Bronto noch lebendig hervor. Blauschleifchen aber holte schnell große Steine. Und damit füllten sie dem bösen Tyranno den Bauch.

Als er aufwachte, wollte er fortlaufen. Aber die Steine waren zu schwer. Er sank nieder und war tot.
Da waren alle drei vergnügt. Sie aßen die Gemüsepastete und tranken das Quellwasser.
Blauschleifchen aber dachte: »Ich will nie mehr allein in den Wald laufen, wenn es die Mutter verboten hat.«

Ein großes Ei am Strand

Familie Müllerlein fuhr in die Sommerferien. Das ganze Auto war voller Koffer und voller Freude. Und voller Müllerleins natürlich.
Vorn saßen Herr und Frau Müllerlein.
Hinten saßen Tina und Tom. Tina hatte ihre Puppe auf dem Schoß, Tom seinen Teddybären. Alle sangen das schöne Lied: »Das Wandern ist des Müllers Lust«.
Obwohl sie im Augenblick gar nicht wanderten, sondern im Auto saßen.
Das kam, weil sie sich so freuten. Tina und Tom freuten sich, weil sie nicht in die Schule mussten. Frau Müllerlein freute sich auch, weil sie nicht in die Schule musste. Sie war nämlich Lehrerin.
Aber am allermeisten freute sich Herr

Müllerlein, und zwar, weil er nicht in die Fabrik musste. Herr Müllerlein hatte eine Fabrik, in der Klodeckel hergestellt wurden. Nun sind Klodeckel ja sehr notwendig, aber die Herstellung ist doch ziemlich langweilig. Herr Müllerlein wäre schon in jungen

Jahren lieber Zirkusdirektor geworden als Fabrikdirektor. Und für die Herstellung von Klodeckeln hatte er erst recht nicht viel übrig.
Müllerleins fuhren ans Meer. Sie hatten dort ein schönes Ferienhaus gemietet. Drinnen gab es viel Platz und draußen einen großen Garten mit einer Liegewiese.
Herr und Frau Müllerlein hatten viel Zeit für Tina und Tom. Sie spielten und lachten den ganzen Tag. Natürlich gingen sie oft ans Meer. Sie badeten und machten lange Spaziergänge am Strand.
Eines Tages fanden sie in den Dünen ein ungewöhnlich großes Ei: rosa mit schwarzen Punkten.
»Das ist ja vielleicht ein komisches Ei!«, sagte Herr Müllerlein. »Wer das wohl dahin gelegt hat? Vielleicht eine Wildgans.«
Tom und Tina wollten das Ei unbedingt mitnehmen.
»Wenn wir es warm einpacken, kommt

vielleicht einmal etwas heraus«, sagte Tom.
»Ihr könnt es ja mal probieren«, meinte Frau Müllerlein.

Im Ferienhaus packten sie das Ei in weiche Tücher und warme Pullover und legten auch noch ein Federbett obendrauf.

Jeden Morgen sahen sie nach, ob sich etwas verändert hatte. Und wirklich: Nach einer Woche entdeckten sie einen Sprung in der Schale. Darunter bewegte sich etwas.

Die ganze Familie Müllerlein hockte sich um das Ei herum und wartete, was da herauskommen würde.

Am Abend des nächsten Tages waren plötzlich drei kleine Löcher in der Schale. Aus dem größten reckte sich ein kleiner Kopf. Der saß auf einem ungewöhnlich langen Hals.

Frau Müllerlein half vorsichtig mit den Fingerspitzen nach. Nun kamen vier Beine hervor und ein kräftiger spitzer Schwanz.

»Das gibt es doch gar nicht!«, murmelte Herr Müllerlein.
Und Tom rief: »Papa, weißt du, wie das aussieht?«
»Ja«, sagte Herr Müllerlein, »das sieht aus wie ein kleiner Dinosaurier.«
»Ist er nicht niedlich?«, rief Tina. »Wir wollen ihn behalten und mit nach Hause nehmen!«
»Mäh!«, machte der kleine Dinosaurier. Er hörte sich an wie ein Schaf.

»Er hat bestimmt Hunger«, meinte Frau Müllerlein. Sie ging in die Küche und holte, was vom Abendbrot übrig geblieben war.
Der kleine Dinosaurier fraß alles: Brot, Käse, Leberwurst, Salat und Radieschen.
Er machte noch einmal: »Mäh!« Dann fiel er um und schlief ein.
Die Familie Müllerlein machte ihm ein weiches Lager in einem Pappkarton. Sie legten ihn hinein. Er war nicht schwer. Er wog höchstens ein halbes Pfund.
»Er soll Max heißen«, sagte Tom. Damit waren alle einverstanden. Schließlich gingen sie auch zu Bett.
Am nächsten Morgen war Max schon ein wenig gewachsen. Und zugenommen hatte er auch. Er wog jetzt bestimmt ein ganzes Pfund. Er frühstückte mit gutem Appetit.
Dann spielte er mit Tina und Tom im Garten.
Herr und Frau Müllerlein fuhren währenddessen zum nächsten Supermarkt.

Sie mussten unbedingt einkaufen. Es war nämlich nichts mehr zu essen im Haus.
Max und die Familie Müllerlein verstanden sich prima. Sie hatten einen schönen, lustigen Urlaub. Max fraß und wuchs, was das Zeug hielt. Er machte immer noch »mäh«. Aber er war klug und gelehrig. Die Müllerleins beschlossen ihn mit nach Hause zu nehmen.
Leider passte Max nicht ins Auto. Beim besten Willen nicht. Da kaufte Herr Müllerlein einen Anhänger. Max stieg ein und ließ sich ziehen. Das gefiel ihm gut.
Zu Hause wurde er im Gästezimmer untergebracht. Aber nach vierzehn Tagen war es ihm dort zu eng. Max musste im Garten bleiben.
Solange es Sommer war, fühlte er sich dort sehr wohl. Aber als es Winter wurde, bekam Max eine Erkältung nach der anderen.
Herr Müllerlein musste sich etwas Neues einfallen lassen. Er hatte auch eine gute

Idee. Er ließ die größte Halle seiner Fabrik leer räumen und führte Max hinein.
»Mäh!«, machte Max begeistert. Denn er hatte nun Platz in Hülle und Fülle. Er konnte ruhig noch ein bisschen wachsen.
Allmählich sprach es sich herum, dass Herr Müllerlein einen echten Dinosaurier in seiner Fabrik hatte. Von nah und fern reisten viele Leute herbei. Alle wollten ihn sehen. Alle wollten ihn streicheln. Und alle waren bereit dafür Geld zu bezahlen.
»Warum nicht?«, sagte Herr Müllerlein. »Wenn es Max Spaß macht, soll es mir recht sein. Vielleicht muss ich nicht länger Fabrikdirektor sein, sondern kann doch noch so etwas wie ein Zirkusdirektor werden.«
Er ließ seine ganze Fabrik in ein riesiges Dinosaurierhaus umbauen, mit einem hohen Kuppelzelt darüber. Dahinein kam ein Fenster. Wenn Max Lust hatte, konnte er seinen Hals hinausstrecken. »Mäh!«,

blökte er so laut wie eine Schiffssirene.
Und die Leute kamen in Scharen herbei.
Bald stellte Herr Müllerlein in seiner Fabrik keinen einzigen Klodeckel mehr her. Aber seine Arbeiter behielt er. Sie schrubbten Max und polierten ihm die Klauen. Und sie karrten Futter heran!
Tom und Tina brachten Max viele Kunststücke bei. Bald konnte er auf den Hinterbeinen stehen und Walzer tanzen. Er konnte auch gut Mundharmonika spielen und sogar auf seinem Kopf einen Ball balancieren.

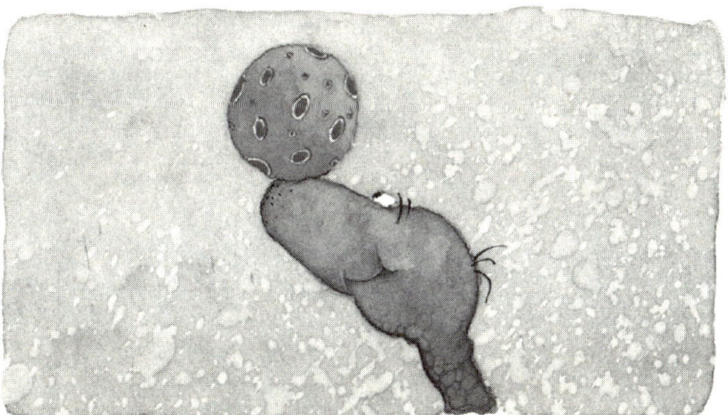

Herr Müllerlein zog einen Frack an und führte Max vor. Frau Müllerlein saß an der Kasse und verkaufte die Eintrittskarten. Als Lehrerin arbeitete sie nur noch mittwochs. Dann machte sie mit den Schülern meist einen Ausflug ins Dinosaurierhaus. Klar, dass sie bei allen Kindern sehr beliebt war.

Mi

Der Dinosaurier und das Krokodil

Vor ungefähr hundert Millionen Jahren stampfte ein Dinosaurier ganz allein durch den Wald. Er hatte beim Fressen seine Herde verloren. Aber das machte ihm nichts aus. Die saftigen Blätter der hohen Bäume waren jetzt nur für ihn da.
Er reckte seinen langen Hals und suchte sich die saftigsten Blätter aus. Gelegentlich stellte er sich sogar auf die Hinterbeine. Dann konnte er noch höher hinauflangen.
Der Tag war sehr heiß. Der Dinosaurier verspürte brennenden Durst. Er hielt Ausschau nach einem See. Seine gewaltigen Füße bewegten sich schneller. Unter ihnen dröhnte der Boden.
Endlich lichtete sich der Wald. In der blauen

Luft kreisten kleine Vögel. Es duftete nach Blüten und Kräutern.
Der Dinosaurier erblickte vor sich ein schimmerndes Gewässer mit sandigem Ufer. So schnell er konnte, bewegte er sich darauf zu. Er beugte sich nieder und trank in langen Zügen.
Als er aufblickte, merkte er, dass er nicht allein war. Über das Wasser schob sich ein hässlicher Kopf mit einer spitzen Schnauze voll scharfer Zähne. Vorstehende grüne Augen blinzelten ihm träge entgegen.

»Guten Tag!«, sagte der Dinosaurier höflich. »Das Wasser schmeckt gut. Durfte ich davon trinken?«

»Warum nicht?«, antwortete eine heisere Stimme. »Allerdings möchte ich gern wissen, mit wem ich es zu tun habe.«

»Ich bin ein Saurier«, sagte der Dinosaurier. »Einer von vielen. Die andern sind ohne mich weitergezogen.«

»Dann bist du jetzt ganz allein?«, fragte die heisere Stimme.

»Ja«, sagte der Dinosaurier, »aber das macht mir nichts aus. Übrigens möchte ich auch gern wissen, mit wem ich es zu tun habe.«

»Ich bin ein Krokodil«, antwortete die heisere Stimme. »Ich bin auch ganz allein. Und das macht mir sehr wohl etwas aus. Ich habe lieber Gesellschaft.«

»Ich kann ein bisschen bei dir bleiben«, sagte der Dinosaurier. »Mir tun sowieso die Füße weh vom vielen Laufen.«

»Komm doch ins Wasser!«, sagte das Krokodil. »Du sollst sehen, das tut deinen Füßen gut.«
Vorsichtig setzte der Dinosaurier einen Fuß ins Wasser, dann noch einen und noch einen und schließlich den letzten. Das machte ziemliche Wellen über den ganzen See.
»Aaah! Aaah!«, seufzte der Dinosaurier beglückt. Das Wasser tat seinen Füßen wirklich gut.
»Noch ein bisschen tiefer!«, sagte das Krokodil. »Hast du schon einmal zu schwimmen versucht? Schwimmen ist herrlich!«
»Das ist nichts für mich«, meinte der Dinosaurier. »Dazu bin ich zu schwer.«
»Beim Schwimmen wird man ganz leicht«, sagte das Krokodil. »Je schwerer einer ist, umso leichter wird er. Du kannst es einmal probieren.«
Da ging der Dinosaurier tiefer ins Wasser.

Diesmal machte es haushohe Wellen. Das Krokodil verschwand für einen Augenblick. Als es wieder auftauchte, schüttelte es sich.
»Donnerwetter!«, sagte es. »Du hast dieselbe Wirkung wie ein Sturm.«
»Entschuldige bitte!«, brummte der Dinosaurier. »Ich wollte dich gewiss nicht untertauchen.«
»Macht ja nichts«, sagte das Krokodil. »Ich bin gern mit dem Kopf unter Wasser. Es ist ein angenehmes Gefühl. Du solltest es auch einmal versuchen.«
Der Dinosaurier zögerte.
»Tauch wenigstens deinen Bauch ein!«, sagte das Krokodil. »Deinen Hals kannst du ja draußen lassen. Er ist schließlich lang genug.«
Das war ein guter Vorschlag. Langsam setzte der Dinosaurier sich in Bewegung. Seine breite Brust schob eine gewaltige Flutwelle über den See.
Das Krokodil tauchte hindurch und lachte.

»Das war fabelhaft!«, rief es. »Baden mit dir macht Spaß. Findest du es nicht auch lustig? Komm doch noch ein bisschen tiefer herein!«
In diesem Augenblick glitt ein Schatten über das Wasser. Hoch oben ertönte ein schriller Schrei. Das Krokodil und der Dinosaurier blickten hinauf.
Über ihren Köpfen kreiste mit ausgebreiteten Schwingen ein riesiger Vogel, nicht ganz so groß wie der Dinosaurier, aber gewaltig genug.
»Gib acht, Neffe Dino!«, rief der Vogel. »Hör nicht auf das Krokodil!«
Der Dinosaurier verdrehte den Hals. »Wer bist du?«, fragte er erstaunt.
»Ich bin dein Onkel Ptero«, antwortete der Vogel. »Wir kommen aus derselben Familie. Ich bin ein Flugsaurier und meine es gut mit dir.«
Das Krokodil klappte sein großes Maul auf. Aus seiner Kehle kam ein Zischen.

»Verschwinde!«, rief es dem Vogel zu. »Dies ist mein See. Du hast hier gar nichts zu suchen.«
»Flugsaurier sind frei«, antwortete der Vogel. »Ich fliege, wo es mir Spaß macht. Und auf meinen Neffen Dino passe ich auch auf.«
»Aber das ist nicht nötig, Onkel Ptero!«, sagte der Dinosaurier. »Das Krokodil ist

sehr nett und außerdem ganz allein. Wir haben zusammen gebadet.«

»Das Krokodil ist weder nett noch allein«, sagte Onkel Ptero. »Es ist böse und will dich zu seinen Artgenossen in den See locken.«

Er stieß herab und strich mit seinen großen Flügeln dicht übers Wasser. Es war, als zöge er ein Tuch zur Seite. Der Dinosaurier riss entsetzt die Augen auf: Es wimmelte nur so von Krokodilen. Alle klappten die Mäuler auf und zischten vor Wut.

»Siehst du wohl?«, rief Onkel Ptero. »Und nun mach, dass du schnell wieder an Land kommst!«

Da drehte der Dinosaurier sich um und watete, so schnell er konnte, ans Ufer.

Der See geriet in gewaltige Bewegung und verschluckte die Krokodile. Keines von ihnen ließ sich mehr sehen.

»Es ist besser, wenn du zu deiner Herde zurückkehrst«, sagte Onkel Ptero

fürsorglich. »Ich weiß, wo sie ist, und werde dich hinbringen.«
Es wurde ein langer, mühsamer Weg. Aber endlich hatten sie es geschafft. Der Dinosaurier mischte sich erleichtert unter seine Herde. Und Onkel Ptero, der Flugsaurier, stieg nach oben und verschwand in den Wolken.

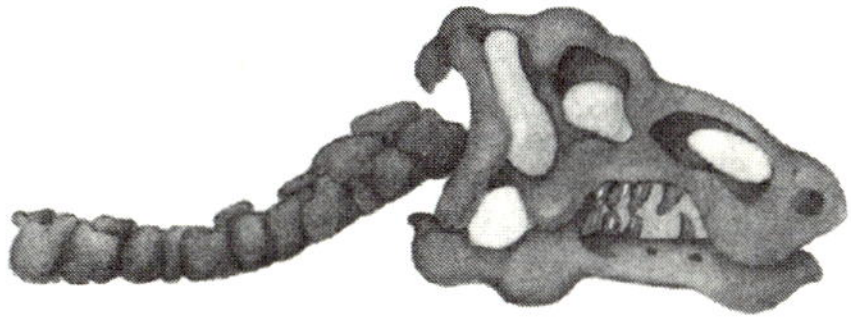

Spuk im Museum

Um Mitternacht werden im Museum die Dinosaurier lebendig. Oder vielmehr ihre Skelette. Denn mehr als die Knochen ist ja leider nicht von ihnen übrig.
Mit diesen Knochen klappern die Dinosaurier zwischen zwölf und eins, dass man es meilenweit hört. Das klingt ziemlich schaurig. Man kann sich ordentlich gruseln dabei.
Nur Herr Bollersack gruselt sich nicht. Herr Bollersack ist Nachtwächter im Museum und hat sich längst an den Spuk gewöhnt. Meist nimmt er sogar zwischen zwölf und eins eine kräftige Mahlzeit ein. Die hat ihm seine Frau mitgegeben, damit er sich stärken kann.

Jede Nacht geht Herr Bollersack um fünf Minuten vor zwölf in den Raum, wo der allergrößte Dinosaurier steht. Der ist nämlich sein besonderer Liebling. Er hat ihn Gustav getauft. Er findet, dass das ein guter Name für einen Dinosaurier ist.
Herr Bollersack setzt sich an einen kleinen Tisch in der Ecke und packt sein Nachtmahl aus. Aber er isst noch nicht. Er wartet ab, bis die Kirchturmuhr schlägt.
Schlag zwölf wird Gustav munter. Zuerst

schüttelt er sich. Dann setzt er sich in Bewegung. Er läuft durch den Raum – zuerst im Schritt, dann im Trab und schließlich im Galopp. Dreimal macht er die Runde. Dabei klappert Gustav mit sämtlichen Knochen.
Neben dem kleinen Tisch von Herrn Bollersack bleibt er stehen. Er beugt sich herab und beschnuppert das Nachtmahl. Manchmal bekommt Gustav nämlich einen Happen ab. Obst mag er am liebsten. Am allerliebsten Bananen.
Letzte Woche hat Herr Bollersack mit Gustav etwas Aufregendes erlebt. Das lag an den Bananen, die seine Frau ihm zum Nachtisch eingepackt hatte.
Zuerst aß Herr Bollersack Kartoffelsalat und ein kaltes Kotelett. Gustav mochte weder das eine noch das andere. Doch als Herr Bollersack dann die Bananen auspackte, schnüffelte er gierig daran.
»Gleich, gleich!«, sagte Herr Bollersack.

»Lass mich nur erst die Schale abmachen.« Gustav setzte sich auf die Hinterbeine und machte Männchen. Da musste Herr Bollersack lachen. Es sieht auch wirklich komisch aus, wenn ein Dinosaurier Männchen macht.
Gustav fraß die erste Banane. Er konnte es gar nicht abwarten, bis Herr Bollersack die zweite geschält hatte. Die dritte Banane nahm er ihm ungeschält aus der Hand.
Herr Bollersack hatte nur vier Bananen.
»Halt!«, rief er. »Eine will ich selbst essen!«
Er zog die Schale herunter und biss hinein.
Gustav stieß ein seltsames Heulen aus.
Dann schnappte er nach der Banane und lief davon. Zornig warf Herr Bollersack die Schale hinter ihm her. Gustav kicherte nur.
Nun wollte er endlich wieder spuken. Er drehte seine klappernden Runden – zuerst im Schritt, dann im Trab und dann im Galopp. Aber der Galopp wurde ihm zum Verhängnis. Er trat dabei nämlich auf die

Bananenschale und rutschte aus.
Es gab ein ungeheures Klappern und Klirren und Scheppern. Dann lag Gustav als ein riesiger Haufen Knochen am Boden.
Herr Bollersack erschrak zu Tode. Er lief aufgeregt hin und besah sich das Unglück aus der Nähe. Aber er hatte keine Ahnung, wie die Knochen zusammengehörten.
Da konnte nur einer helfen: der Herr Professor! Er war Leiter des Museums und hatte viele kluge Bücher über Dinosaurier geschrieben. Herr Bollersack rannte zum Telefon und rief den Herrn Professor an.
Der hatte bereits fest geschlafen. Es dauerte lange, bis er sich meldete. Zuerst war er recht unfreundlich. Aber dann sagte er: »Ich komme sofort.« Zum Glück wohnte er nur drei Häuser entfernt.
Der Herr Professor brachte auch gleich das richtige Buch mit. Darin war ein Bild von Gustav. Es zeigte alle Knochen in der richtigen Reihenfolge.

Der Herr Professor machte sich sofort an die Arbeit. Und Herr Bollersack half ihm dabei. So schnell sie konnten, setzten sie die Knochen wieder zusammen. Ehe die Spukstunde vorbei war, mussten sie fertig sein. Um fünf Minuten vor eins hatten sie es fast geschafft. Nur an Gustavs rechtem Hinterfuß fehlte ein einziger Knochen. Sie suchten in allen Ecken. Aber sie konnten ihn nirgendwo finden.

Der Herr Professor war ganz verzweifelt, und Herr Bollersack hätte am liebsten geweint.

In allerletzter Minute entdeckte der Herr Professor auf dem kleinen Tisch die Reste von Herrn Bollersacks Nachtmahl. Er ergriff den Kotelettknochen und rief: »Der lässt sich verwenden. Er sieht fast genauso aus wie der Zeh eines Dinosauriers.«

Rasch setzte er ihn an die richtige Stelle. Im selben Augenblick ertönte zwischen Gustavs Zähnen ein erleichterter Seufzer.

Dann schlug die Kirchturmuhr eins.

Herr Bollersack konnte die nächste Spukstunde kaum abwarten. Auch der Herr Professor erschien pünktlich um Mitternacht.
Aber es war alles in bester Ordnung.
Sobald die Uhr zwölf schlug, setzte sich Gustav in Bewegung – zuerst im Schritt, dann im Trab und dann im Galopp.
Auf dem rechten Hinterfuß hinkte er ein bisschen. Doch das machte ihm offensichtlich nichts aus.
Nachher teilten sie sich alle Herrn Bollersacks Nachtmahl. Aber zum Nachtisch gab es diesmal nur Äpfel.

Später Besuch

Tina kam aus der Schule. Sie glühte und strahlte.
Mama fragte: »War es denn so schön heute?«
»Ganz toll!«, antwortete Tina. »Wir haben über Dinosaurier gesprochen. Das hat mir gefallen.«
Beim Mittagessen erzählte Tina, was sie in der Schule gelernt hatte. Mama hörte aufmerksam zu.
Tina wusste eine ganze Menge. Sie wusste, dass die Dinosaurier einhundertvierzig Millionen Jahre lang die Erde beherrscht hatten. Sie wusste, dass der letzte vor fünfundsechzig Millionen Jahren gestorben war. Sie wusste, dass es unter ihnen

friedliche Pflanzenfresser und gefährliche Fleischfresser gegeben hatte.
»Frau Mura hat uns auch Bilder gezeigt«, erzählte Tina begeistert. Frau Mura war ihre Lehrerin. »Sie hat ein ganz tolles Buch. Darin war ein Dinosaurier, der war so lang wie ein Omnibus und so hoch wie ein dreistöckiges Haus.«
»Dann hätte der Dinosaurier ja bei uns zum Fenster hereingucken können«, sagte Mama.
Tina musste lachen. Sie wohnten im dritten Stock.
Abends erzählte Tina auch Papa von den Dinosauriern. Er verstand ihre Freude und Begeisterung gut.
»Als ich noch ein kleiner Junge war«, sagte er, »wollte ich auch alles über sie wissen. Es sind aufregende Tiere.«
»Schade, dass sie nur noch in Büchern vorkommen!«, sagte Tina.
Aber Mama meinte: »Sie würden in unserer

Welt einige Verwirrung stiften. Denk doch nur an den, der so lang war wie ein Omnibus und so hoch wie ein dreistöckiges Haus!«

An diesem Abend konnte Tina lange nicht einschlafen. Ganze Herden von riesigen

Dinosauriern zogen an ihren geschlossenen Augen vorbei. Endlich legte sie sich auf den Bauch und vergrub ihr Gesicht im Kopfkissen.
Mit einem Mal klirrten die Fensterscheiben. Sie klirrten ganz gewaltig. Tina erschrak. Steif wie ein Stock blieb sie liegen. Noch einmal klirrten die Scheiben. War das ein plötzlicher Sturm?
Tina drehte sich um. Vorsichtig richtete sie sich auf. Draußen vor dem Fenster war ein großes, helles Gesicht. Es war nicht oben am Himmel wie der Mond, sondern ganz dicht vor den Scheiben. Es war ein Tier. Der Kopf eines Tieres. Der Kopf eines Dinosauriers!
Tina setzte sich hin. Der Dinosaurier lächelte sie an. Dabei zeigte er zwei Reihen spitzer Zähne. Dann schloss er sein Maul und pochte damit ans Fenster. Dabei klirrten die Scheiben erneut.
Tina stand auf. Sie staunte selbst über ihren

Mut. Aber sie wollte nicht, dass der Dinosaurier wieder verschwand. Tina öffnete das Fenster. Da reckte er seinen langen Hals ins Zimmer.
»Hunger!«, sagte der Dinosaurier mit einer grollenden Bassstimme. »Ich habe grässlichen Hunger!«
Tina machte zwei Schritte zurück.
Hoffentlich war er kein Fleischfresser!

»Willst du Salat?«, fragte sie. »Oder eine Gurke vielleicht?«
»Ja, gern«, sagte der Dinosaurier. »Ich mag alles, was grün ist.«
Tina atmete auf. Dann ging sie leise in die Küche. Niemand hörte sie. Mama und Papa schliefen wohl schon. Tina nahm den Einkaufskorb und füllte ihn mit Grünzeug. Mama war morgens auf dem Markt gewesen und hatte frisches Gemüse gekauft: Salat, Bohnen und Gurken, dazu Schnittlauch, Petersilie und Dill.
Tina trug den vollen Korb in ihr Zimmer und fütterte den Dinosaurier. Gierig fraß er ihr aus der Hand. Aber er war dabei ganz vorsichtig. Mit weichen Lippen nahm er alles entgegen. Seine Zähne streiften nicht ein einziges Mal ihre Finger. Leider war der Korb viel zu schnell leer.
»Hat gut geschmeckt«, sagte der Dinosaurier. »War nur etwas wenig!« Er legte seinen Kopf auf die Fensterbank und ließ

sich streicheln. Er fühlte sich angenehm an, glatt und warm.
Tina fragte: »Kommst du vielleicht morgen wieder zu mir?«
»Kann schon sein«, antwortete der Dinosaurier. »Am liebsten fresse ich übrigens Spinat.«
Dann drehte er sich um und ging fort. Wumm, wumm, dröhnten seine Schritte über die leere dunkle Straße.
Tina blickte ihm nach. Er war wirklich so lang wie ein Omnibus und so hoch wie ein dreistöckiges Haus. Als er fort war, schloss sie das Fenster und legte sich ins Bett.
Morgens beim Frühstück sagte Mama: »Ich will heute Bohnen kochen. Oder möchtest du lieber Salat?«
»Es ist nichts mehr da«, antwortete Tina. »Ich habe heute Nacht alles dem Dinosaurier gegeben. Du musst neue Sachen einkaufen. Am besten auch noch ein paar Pfund Spinat.«

»Ach, Tina«, sagte Mama, »nun träumst du sogar schon von Dinosauriern. Es wird Zeit, dass du auf andere Gedanken kommst.«
Tina öffnete den Vorratsschrank und schaute hinein. Da lag wirklich noch alles Gemüse. Es fehlte nicht eine einzige Bohne und kein Blättchen Salat.
»Sprecht ihr heute in der Schule wieder über Dinosaurier?«, fragte Mama.
»Nein«, sagte Tina enttäuscht, »heute haben wir bloß Rechnen und Schreiben.«

Spukgeschichten

Mit Bildern von Heinz Ortner

Kleines Gespenst unterwegs

Ein kleines Gespenst lebte mit seinen Eltern in einem alten Schloss mitten im Wald. Es war erst fünf Jahre alt. Aber dafür konnte es schon ziemlich gut spuken. Jede Nacht war es mit Eifer und Spaß bei der Sache. Leider verirrte sich nur selten ein Mensch in die Gegend.

Das kleine Gespenst fand Menschen im Grunde sehr nett.

»Eigentlich ist es dumm, dass wir ihnen Angst machen und sie vertreiben«, sagte es zu seinen Eltern. »Eigentlich möchte ich sie gern näher kennen lernen.«

»Das geht nicht«, antwortete der Vater. »Spuken ist nun mal unser Beruf.«

Und die Mutter fügte hinzu: »Wenn du ein

großes, vernünftiges Gespenst werden willst, darfst du dich mit keinem Menschen einlassen. Hast du gehört?«
Das kleine Gespenst widersprach nicht, aber es machte sich so seine Gedanken. Vom frühen Morgen bis zum späten Abend wälzte es sich unruhig in seinem Bett herum. Nachts war es dann müde. Seine Eltern schimpften mit ihm, weil es nicht ordentlich spukte.
Eines Morgens aber stand das kleine Gespenst heimlich auf und machte sich auf den Weg zu den Menschen. Es ging eine Stunde den Berg hinab durch den Wald. Dann kam es an einen Bauernhof. Draußen im Garten spielten zwei Kinder. Sie hießen Felix und Anna.
»Guten Morgen«, sagte das kleine Gespenst. »Lasst ihr mich mitspielen?«
Die Kinder verstanden nicht, was es sagte. Bei Tag können Menschen nämlich die Stimmen von Gespenstern nicht hören.

Felix und Anna hielten das kleine Gespenst für ein Hemd. Sie wunderten sich nur, dass es stehen konnte.

»Ich tue euch nichts«, sagte das kleine Gespenst. »Ich finde Menschen nett.«

Es schwebte ein Stück näher. Da liefen die Kinder ins Haus.

»Mama, Mama!«, rief Felix. »Im Garten steht ein weißes Hemd.« – »Es benimmt sich sehr komisch«, fügte Anna hinzu.

»Hemden stehen nicht«, antwortete die Mutter. »Sie benehmen sich auch nicht komisch. Das ist doch wohl klar.«
»Komm mit nach draußen!«, sagte Felix. »Dann wirst du schon sehen.«
Die Mutter ging mit in den Garten.
»Das ist wirklich ein merkwürdiges Hemd«, sagte sie. »Es kommt mir so unbekannt vor. Aber es wird wohl aus meinem Wäschekorb stammen.«
Sie nahm das kleine Gespenst über den Arm und trug es zur Wäscheleine. Sie hängte es mit den anderen Hemden auf.
Als sie es sorgfältig an der Leine festklammerte, bemerkte sie, dass es sich schon ziemlich trocken anfühlte.
Das kleine Gespenst zappelte und flatterte. Es schrie laut um Hilfe. Aber leider hörte es niemand.
Am Abend kam die Mutter von Felix und Anna in den Garten. Sie nahm die Wäsche ab und legte sie in den Korb. Eigentlich

wollte sie die Hemden noch bügeln. Aber weil sie das Abendbrot machen musste, verschob sie es auf den nächsten Tag.
Das kleine Gespenst wartete, bis alle im Bett waren. Dann kroch es aus dem Wäschekorb und spukte durchs Haus. Aber es spukte ganz leise. Niemand sollte wach werden. Niemand sollte es festhalten. Es wollte unbedingt nach Hause.
Das Küchenfenster stand einen Spaltbreit offen. Das Gespenst machte sich ganz dünn und schlüpfte hindurch.
Kurz nach Mitternacht kam es im Schloss an. Seine Eltern standen oben im Turm und hielten nach ihm Ausschau. Zum Glück schimpften sie nicht. Sie waren froh, dass sie ihr Kind wiederhatten.
»Menschen sind doof«, sagte das kleine Gespenst. »Sie haben mich für ein Hemd gehalten. Sie haben mich auf die Wäscheleine gehängt.«
»Da hast du noch Glück gehabt«, sagte der

Vater. »Sie hätten dich auch zusammenfalten und in den Schrank legen können. Dort wärst du dann eingesperrt gewesen.«
Das kleine Gespenst erschrak noch nachträglich zu Tode. Es versprach niemals wieder bei Tag zu den Menschen zu laufen. Es wollte in Zukunft alles tun, um sie bei Nacht zu erschrecken. Es wollte so bald wie möglich ein großes, vernünftiges Gespenst werden.

Wenn der Löwe schnurrt

Am Sonnabend wollen Saschas Eltern ein Gartenfest feiern.
»Hoffentlich regnet es nicht!«, sagt Mama.
»Hoffentlich können wir grillen!«, sagt Papa.

»Hoffentlich darf ich lange aufbleiben!«, sagt Sascha. Mama und Papa lachen. »Ein bisschen länger aufbleiben darfst du schon«, sagt Mama. »Aber ich glaube, du wirst dich bald langweilen. Es kommen nur große Leute und keine Kinder.«
Mama soll Recht behalten. Das Grillen ist lustig. Aber danach kommt nicht mehr viel. Die großen Leute reden nur über langweilige Sachen.

Sascha geht zwischen ihnen herum. Doch niemand kümmert sich um ihn.
Papa hat bunte Lampions zwischen die Bäume gehängt. Das sieht sehr schön aus. Aber außer Sascha schaut kaum jemand hin. Die großen Leute könnten genauso gut im Wohnzimmer sitzen.
Nach einer Weile kommt Mama und sagt: »Es wird Zeit für dich.«
»Ach nein, noch ein bisschen!«, bettelt Sascha. Er weiß auch nicht, warum. Die großen Leute langweilen ihn. Aber der Abend ist warm und schön. Über den Lampions steht jetzt die silberne Mondsichel. An so einem Abend muss doch noch etwas passieren!
Sascha verlässt die Terrasse. Er geht die Treppe hinunter in den Garten. Er setzt sich auf die unterste Stufe.
Ein wenig schläfrig ist Sascha jetzt schon. Er stützt sich mit dem linken Arm auf einen steinernen Löwen. Der dient als

Blumentopf. Aus einem viereckigen Loch in seinem Rücken blühen rote Geranien.
Sascha streichelt den Kopf des Löwen.
Er fühlt sich ganz warm an. Sicher hat er die Sonnenwärme des Nachmittags festgehalten.
Plötzlich spürt Sascha unter seiner Hand etwas Merkwürdiges. Es ist keine richtige Bewegung, sondern mehr ein Geräusch. Es wird stärker und stärker.
Sascha hält den Atem an. Jetzt weiß er,

was das ist! Der Löwe schnurrt. Er schnurrt heftig und laut wie eine große Katze. Sascha krault ihn im Nacken, unter dem Kinn und hinter dem Ohr. Das Schnurren wird immer stärker. Es klingt behaglich und zugleich ein bisschen bedrohlich.
Ganz langsam beugt Sascha sich vor. Auch der Löwe bewegt langsam den Kopf. Seine Augen funkeln im Mondlicht und seine großen Fangzähne blitzen.
Dann gähnt der Löwe und aus seiner Kehle dringt ein Grollen. Das Schnurren ist nun verstummt.
Sascha möchte seine Hand am liebsten zurückziehen. Aber vielleicht ist das dem Löwen nicht recht. Vielleicht will er lieber weitergestreichelt werden. Also lässt Sascha seine Hand über den dicken Kopf und den Nacken hinuntergleiten, wieder und wieder.
Da schließt der Löwe sein Maul und seine Augen. Zufrieden duckt er sich unter der

streichelnden Hand. Wieder beginnt er zu schnurren. Diesmal wird Sascha ganz müde davon.

»Sascha, wo bist du?« Das ist Mama oben auf der Terrasse. Im nächsten Augenblick steht sie schon neben ihm.

Der Löwe schnurrt nicht mehr.

»Jetzt musst du wirklich ins Bett«, sagt Mama. »Ich glaube beinahe, du schläfst schon, mein Schatz.«

»Nein, ich schlafe noch nicht«, antwortet

Sascha. »Ich habe den Löwen gestreichelt.«
»Geträumt hast du offenbar auch«, sagt Mama. »Mach, dass du ins Bett kommst!«
Sascha tätschelt dem Löwen zum Abschied den Kopf.
»Pass auf, dass du mir meine Geranien nicht abbrichst!«, sagt Mama.
»Ach, die blöden Geranien!«, murmelt Sascha so leise, dass Mama es nicht versteht.
Aber der Löwe – der Löwe hat es bestimmt gehört.

Besuch für Lord Arthur

In England gibt es viele alte Schlösser. Deshalb gibt es auch viele Gespenster. Aber mit denen können die Engländer ganz gut umgehen.
Über Gespenster in Schlössern, die nicht mehr bewohnt sind, regt sich sowieso kein Mensch mehr auf. Und in denen, die noch einen Hausherrn haben, hat man sich damit abgefunden. Um Mitternacht muss man eben ein Auge zudrücken. Besser noch alle beide.

Im mittleren Westen von England gibt es ein besonders schönes Schloss. Es gehört dem alten Lord Arthur. Ein Lord – das ist ein vornehmer Mann von Adel mit einer langen Ahnenreihe.

Lord Arthur lebt ganz allein auf seinem Schloss. In manchen Zimmern regnet es durch die Decke.
Aber die Räume, in denen er wohnt, hat er gemütlich herrichten lassen. Er hat Heizung, warmes Wasser und elektrisches Licht. Und Fernsehen hat er auch.
Jeden Abend sitzt Lord Arthur vor dem Fernsehapparat. Er knuspert Erdnüsse und Kartoffelchips. Und dazu trinkt er ein großes Glas braunes Bier. Am liebsten sieht er sich spannende Filme an. Aber gut müssen sie ausgehen. Sonst kann er nachher nicht einschlafen.
Lord Arthur achtet darauf, dass der Fernseher um Mitternacht aus ist. Um Mitternacht will er nämlich im Bett liegen und beide Augen zudrücken. Er hat keine Lust einem Gespenst zu begegnen. Und tatsächlich hat er noch nie eins gesehen. Das heißt, bis gestern war das so. Heute soll sich das ändern. Heute Nacht kommt

nämlich ein spannender Gruselfilm im Fernsehen. Den möchte Lord Arthur unbedingt angucken. Der Film heißt »Das Gerippe im Kleiderschrank« und fängt erst eine Viertelstunde vor Mitternacht an. Das bedeutet natürlich, dass er erst lange nach Mitternacht zu Ende ist.
Lord Arthur stellt reichlich Erdnüsse, Kartoffelchips und braunes Bier zurecht. Braunes Bier ist gut gegen die Angst. Denn

ein bisschen Angst hat er schon. Er denkt: »Vielleicht ist der Film ja gar nicht so spannend. Dann komme ich immer noch vor Mitternacht ins Bett.«
Aber dann ist der Film doch sehr spannend. Er handelt von einer Frau und einem Kleiderschrank. Morgens ist der Kleiderschrank ganz normal. Aber nachts, wenn die Frau ihre Sachen hineinhängen will, fällt jedes Mal ein Gerippe heraus.
»Huh«, macht die Frau ganz erschrocken.
»Huh«, macht Lord Arthur.
Es gibt ein richtiges Echo. »Huh«, tönt es dumpf die Gänge entlang. »Huhuhuuuh!« Langgezogen und schaurig.
Lord Arthur blickt auf die Uhr. Es ist drei Minuten nach Mitternacht.
Da öffnet sich leise die Tür und herein schwebt eine merkwürdige Gesellschaft – Männlein und Weiblein, alle in langen weißen Gewändern. Sie jammern und klagen: »Huhuhuuuh!«

Lord Arthur greift zitternd nach seinem Glas. Er trinkt einen großen Schluck braunes Bier. Aber das hilft nichts. Die Gespensterschar nimmt kein Ende.
»Wer seid ihr?«, fragt Lord Arthur.
»Wir sind deine Ahnen«, antwortet das erste Gespenst. »Wir kommen aus unseren Gräbern. In einer Stunde müssen wir wieder zurück. Aber bis ein Uhr haben wir Zeit.«
»Was wollt ihr hier?«, fragt Lord Arthur.
»Wir wollen fernsehen«, antwortet das

zweite Gespenst. »Im ersten Programm soll es heute einen spannenden Gruselfilm geben. Das ist etwas für uns.«
»Oh, er läuft schon!«, ruft das dritte Gespenst. Es zeigt mit einem dürren, bleichen Finger auf den Bildschirm.
»Hoffentlich verstehen wir ihn noch!«
»Huhuhuuuh!«, jammern sie alle.
Im Fernsehen hat die Frau gerade in der Kommodenschublade ein weiteres Gerippe entdeckt. »Huuuh«, machen sie alle – die Frau, Lord Arthur und die Gespenster.
Es ist sehr gemütlich. Die Zeit vergeht wie im Flug. Der Gruselfilm ist bis zum Schluss außerordentlich spannend. Die beiden Gerippe sperren die Frau in den Kleiderschrank und legen sich ins Bett.
Die Uhr schlägt eins. Die Gespenster sagen: »Das geht ja gut aus!« Aber nun müssen sie sich beeilen, dass sie wieder in ihre Gräber kommen.
»Es war sehr nett bei dir«, sagen sie und

schütteln Lord Arthur mit ihren klapprigen Fingern die Hand. »Mir hat es auch gefallen«, beteuert Lord Arthur. »Zu mehreren ist Gruseln viel schöner.«
Er winkt ihnen nach. »Also dann bis zum nächsten Mal! Ich schreibe morgen ans Fernsehen. Sie sollen die guten Gruselfilme immer um Mitternacht bringen.«

Der Geist aus der Muschel

Sarahs Großeltern hatten ein Haus am Meer. In den Ferien durfte Sarah sie besuchen. Es gefiel ihr dort sehr gut. Das Meer war gleich hinter dem Haus. Sarah durfte allein draußen im Sand spielen. Aber ins Wasser gehen durfte sie nur, wenn Opa dabei war. Sie konnte zwar schon schwimmen, aber noch nicht sehr gut. Eines Nachts gab es ein schlimmes Gewitter. Es blitzte und donnerte. Es regnete und stürmte. Am Morgen war der Himmel wieder blau. Aber das Meer sah

ganz anders aus als sonst. Es machte gewaltige Wellen. Die trieben schäumend ans Ufer.

Zu Sarahs Freude brachten sie viele verschiedene Muscheln mit: schneeweiße, tintenschwarze und honiggelbe, schön gestreifte und seltsam geformte. Sarah sammelte sie in ihren Eimer und trug sie ins Haus.

Oma rührte gerade einen Kuchenteig. Aber auf dem Küchentisch war noch viel Platz. Sarah durfte ihre Muscheln dort hinlegen und ordnen.

Eine Muschel war dabei, die passte nicht zu den andern. Sie war so groß wie ein Ei und sah aus wie ein stacheliges Schneckenhaus. Von außen war sie weiß und ein bisschen lila, von innen war sie hellgrün. Man konnte nicht sehen, ob noch etwas darin war.

»So eine habe ich noch nie gesehen«, sagte Oma.

»Sie riecht so merkwürdig«, sagte Opa. »Vielleicht solltest du sie lieber fortwerfen.«
Sarah schüttelte den Kopf. »Sie ist schön und sie riecht so gut wie das Meer.«
Sarah spielte den ganzen Tag mit den Muscheln. Nach dem Abendbrot tat sie alle wieder in ihren Eimer. Aber die große Muschel nahm sie heimlich mit ins Bett. Oma und Opa merkten es nicht.
Als das Licht aus war, hielt Sarah die Muschel ans Ohr. Es rauschte darin wie das

Meer. Über diesem Rauschen schlief sie ein. Sie erwachte von einer leisen, süßen Stimme. Die sang ihr ins Ohr:

»Wach auf, wach auf, du Menschenkind!
Ich zeig' dir, wo die Muscheln sind,
viel Muscheln fein und schön und bunt
tief unten auf dem Meeresgrund.«

Sarah schlug die Augen auf. Es war dunkel im Zimmer. Trotzdem sah sie neben ihrem Kopfkissen eine beinahe durchsichtige Gestalt. Sie schimmerte weiß und ein bisschen lila. Sie kam aus der Muschel. Mit ihrem langen hellgrünen Fischschwanz steckte sie noch darin.
Sie sang:

»Komm mit, komm mit,
du Menschenkind!
Ich zeig' dir, wo die Muscheln sind.
Wir tauchen tief ins große Meer
bis auf den Grund. Da komm' ich her.«

Der seltsame Geruch der Muschel war jetzt so stark wie noch nie. Sarah fühlte sich ganz betäubt davon. Zwei kühle, feuchte Händchen berührten ihr Gesicht und streichelten es. Sarah fand das sehr schön. Aber gleichzeitig hatte sie ein bisschen Angst. Die Händchen wanderten über ihre Schultern und die Arme hinab. Das Lied ging weiter:

»Gib mir die Hand, du Menschenkind!
Ich zeig' dir, wo die Muscheln sind.
Wir tauchen tief ins Meer hinein.
Dort wirst du immer bei mir sein.«

Sarah fühlte, wie die zwei kühlen, feuchten Händchen sie aus dem Bett zogen. Da schrie sie laut auf.
»Oma! Opa!«, schrie sie. »Es ist etwas im Zimmer. Das will mich ins Meer ziehen!«
Oma und Opa kamen herein und machten das Licht an. Sogleich war der Geist aus der Muschel verschwunden. Sarah schauderte. Da, wo er ihre Haut berührt hatte, fühlte sich diese kühl und feucht an.
»Du hast ja richtig Schüttelfrost, Kind«, sagte Oma. »Sicher hast du dich gestern am Strand erkältet.«
»Nein, das hat die Muschel gemacht«, antwortete Sarah. »Ich fürchte mich vor ihr. Ich will sie nicht länger behalten.«

»Ich habe ja gleich gesagt, dass sie so merkwürdig riecht«, nickte Opa. »Gib her! Ich werfe sie in den Mülleimer!«
»Nein, nicht in den Mülleimer!«, rief Sarah. »Lieber ins Meer!«
»Na gut, morgen früh«, versprach Opa.
»Nein, sofort!«, sagte Sarah. Sie sagte es so flehend, dass Oma und Opa ihre Bitte nicht abschlagen konnten. Sie schüttelten zwar die Köpfe, aber sie gingen doch mit ans Meer. Es glänzte im Mondlicht. Sarah warf die Muschel aufatmend hinein.

Wer pocht an meine Tür?

In den Sommerferien fuhr Michael mit seinen Eltern in den Schwarzwald. Am Nachmittag kamen sie auf der Autobahn in einen dicken Stau. Papa schimpfte. Mama stöhnte. Michael fragte immer wieder: »Wann sind wir denn endlich da?«

Diese Frage konnte keiner von ihnen beantworten. Der Stau nahm einfach kein Ende. Als es dunkel wurde, fuhr Papa von der Autobahn herunter. Er sagte: »Wir werden irgendwo übernachten. Morgen früh fahren wir weiter.«
Mama atmete auf. Michael freute sich auch. Sie fuhren noch ein kleines Stück über die Landstraße. Dann beleuchteten die Scheinwerfer ein Schild:

»Da fahren wir hin«, sagte Papa.
»Es ist sicher sehr teuer«, meinte Mama.
»Das ist mir egal«, antwortete Papa. »Ich bin müde und Hunger habe ich auch.«

Das Hotel sah wirklich aus wie ein echtes Schloss. Es hatte Türme und Erker. Es war von einem Weiher umgeben. Über eine Brücke gelangte man in den Hof. Das Licht der Laternen beleuchtete grüne Rasenflächen und blühende Rosenbeete.
»Hier gefällt es mir«, sagte Mama.
»Hoffentlich haben sie noch etwas frei!«

Sie hatten tatsächlich Glück. Es waren noch genau zwei Zimmer frei: ein Doppelzimmer im ersten Stock und ein Einzelzimmer oben im Turm.
Der freundliche Herr am Empfang sah Michael forschend an. »Ich hoffe, du hast keine Angst«, sagte er. »Wenn du lieber bei deinen Eltern schlafen möchtest, kann ich in dem Doppelzimmer noch eine Liege aufstellen lassen.«
Aber Michael wollte unbedingt allein oben im Turm schlafen.
Zum Abendbrot traf er seine Eltern unten im Speisesaal. Das Essen war sehr gut. Sie bekamen eine klare Suppe, zarte Schnitzelchen mit Pommes frites und Gemüse, danach jeder ein Stück Schokoladentorte.
Eine nette alte Dame ging zwischen den Tischen umher. Sie hatte eine hohe weiße Frisur und ein Schultertuch aus schwarzer Spitze.

»Ist alles in Ordnung?«, fragte sie ihre Gäste mit freundlichem Lächeln. »Hat Ihnen das Essen geschmeckt?«
»Es war vorzüglich«, antwortete Papa. »Genau so, wie es sich für dieses schöne Schloss gehört. Jetzt fehlt nur noch ein zünftiger Spuk, ein Poltergeist oder so etwas Ähnliches.«
Wenn Papa gut gelaunt war, pflegte er solche Späße zu machen.
Die alte Dame lächelte. Also hatte sie den Spaß verstanden.
»Warten Sie nur bis Mitternacht«, sagte sie. »Es geht die Sage, dass vor vielen Jahren unten im Verlies ein fahrender Ritter verhungert ist. Der spukt zur Geisterstunde durch die Gänge und jammert nach Brot.«
Michael blickte auf sein Stück Schokoladentorte. Er hatte nur einmal davon probiert. Es schmeckte köstlich. Aber leider war er schon satt.
»Du kannst es mit auf dein Zimmer nehmen«,

sagte die alte Dame freundlich, »für den Fall, dass du heute Nacht Hunger bekommst.«
Sie nickte Michael zu und Michael nickte zurück. Mama und Papa brachten ihn hinauf in sein Zimmer.
»Schließ die Tür ab, wenn wir fort sind«, sagte Mama. »Man muss vorsichtig sein in fremden Hotels.«
Michael gehorchte. Den Teller mit dem Stück Torte stellte er auf den Nachttisch. Dann kroch er ins Bett. Aber er konnte lange nicht einschlafen. Er wälzte sich von einer Seite auf die andere. Sicher hatte er zu viel gegessen.
Endlich hörte er draußen irgendwo eine Glocke anschlagen. Er zählte zwölf laute Schläge. Kaum war der letzte verklungen, da vernahm er leises Jammern und Stöhnen vor seiner Tür. Es folgten ein dumpfes Pochen und schließlich ein Geräusch wie von langen Fingernägeln, die über das Holz kratzten.

Michael lag stocksteif im Bett und starrte aus weit geöffneten Augen in die Dunkelheit. Er wusste nicht, was er tun sollte. Vielleicht das Fenster öffnen und um Hilfe schreien? Aber wer sollte ihn hier oben hören?
Das Jammern und Stöhnen steigerte sich zu einer einzigen langen Wehklage.
Das Pochen und Kratzen dehnte sich aus – über die Wände, den Fußboden und die Zimmerdecke. Der ganze Raum war von den schauerlichen Geräuschen erfüllt.

Bewegte sich da nicht etwas in der Dunkelheit? Streifte da nicht etwas Michaels Wange?
Michael zog sich mit beiden Händen die Bettdecke über das Gesicht. Er wollte nichts mehr hören. Er wollte auf keinen Fall etwas sehen.
Unter der Bettdecke fühlte er sich geborgen. Niemand konnte herein und an ihn heran. Das Jammern und Stöhnen, das Pochen und Kratzen – alles blieb draußen.

Nach einer Weile schlief Michael ein. Er träumte. Im Traum ging er durch eine Wüste. Eine glühende Sonne brannte auf ihn herunter. Ihm war sehr heiß. Davon wachte er auf.
Er kroch unter der Decke hervor. Im Zimmer war es schon hell. Durchs Fenster leuchtete ein Stück blauer Himmel. Michael setzte sich auf und ließ die Beine aus dem Bett baumeln. Sein Blick fiel auf den Nachttisch. Das Stück Torte war fort.

Der Teufel im Topf

Manchmal spukt es nachts in der großen Spielkiste. Katja weiß das genau. Vor dem Einschlafen hört sie gelegentlich seltsame Geräusche. Und am nächsten Morgen liegen die Spielsachen ganz anders, als sie sie am Abend hingelegt hat. Das Holzauto

hat über Nacht ein Rad verloren. Der Hase trägt seine Ohren auf einmal über Kreuz. Die Puppe macht ein so merkwürdiges Gesicht.
Katja ist ganz sicher: Wenn einer nachts durch die Spielkiste spukt, dann ist das bestimmt der Teufel. Der Teufel aus dem Kaspertheater.
Den kann sie sowieso nicht leiden. Er hat

ein rotes Gewand und ein rotes Gesicht, schwarze Zottelhaare und schwarze Hörner. Er grinst ganz boshaft. Wer weiß, was er nachts macht?
Katja findet, der Teufel gehört eingesperrt. Deshalb nimmt sie ihn bei den Hörnern und trägt ihn in die Küche. Im Schrank stehen Mamas Töpfe. In dem hohen Topf kocht sie Suppe, in dem niedrigen brät sie Fleisch. Katja zieht den Suppentopf aus dem Schrank. So, Teufel rein und Deckel drauf!

Nun kann nichts mehr passieren.
Beim Abendbrot muss sie lachen, als sie an den Teufel im Suppentopf denkt. Aber sie sagt nicht, warum.
Als Katja im Bett liegt und Mama das Licht ausgemacht hat, bleibt es im Zimmer ganz still. In der Spielkiste rappelt und rührt sich diesmal rein gar nichts.
Katja schläft ein.
Aber in der Nacht wird sie wach. In der Spielkiste ist der Teufel los. Es hört sich so an, als ob jemand darin herumwühlt. So, als ob er das Unterste nach oben kehrt. Es knistert und scheppert, es wummert und dröhnt. Irgendjemand kichert und irgendjemand jammert.
Dann fliegt etwas durch die Dunkelheit und landet auf Katjas Kopfkissen. Das kann nur ein Bauklotz gewesen sein. Und da kommt gleich noch einer.
Katja verkriecht sich unter der Decke.
Erst am hellen Morgen kriecht sie wieder

hervor. Sie läuft zur Spielkiste. Es sieht tatsächlich wüst darin aus.
Die Bauklötze sind aus ihrem Kasten gefallen. Die Murmeln sind aus ihrem Säckchen gerollt. Der Hase steckt mit dem Kopf nach unten in den Puppenkleidern.

Dem Teddybär hat jemand ein blaues Auge geboxt. Der Kasper hat seine Zipfelmütze verloren.
Und der Teufel? Der Teufel ist natürlich nicht da. Der steckt ja im Suppentopf.
Katja läuft in die Küche. Da hat Mama den Küchentisch gedeckt. Aber Katja will noch nicht frühstücken. Sie will zuerst in den Suppentopf gucken.
Aber der Teufel ist nicht drin.
»Was machst du da?«, fragt Mama.

»Willst du so früh schon Suppe essen?«
Nein, das will Katja gewiss nicht. Sie schiebt den Topf in den Schrank zurück und setzt sich an den Tisch. Aber das Honigbrötchen schmeckt ihr heute nicht.
Nach dem Waschen und Anziehen geht sie ins Kinderzimmer und räumt ihre Spielkiste auf. Sie tröstet den Teddybär und setzt dem Kasper seine Zipfelmütze auf.

Als sie fast fertig ist mit Aufräumen, kommt Mama herein. Sie hält eine Hand auf dem Rücken. Sie fragt: »Was meinst du, wen ich in meinem Bratentopf gefunden habe?«
Sie holt ihre Hand hinter dem Rücken hervor. Darin hält sie den Teufel. Den Teufel mit seinem roten Gewand. Den Teufel mit seinen schwarzen Zottelhaaren und den schwarzen Hörnern. Den Teufel, der so boshaft grinst.
»Im Bratentopf?«, wundert sich Katja. »Nicht im Suppentopf?«
»Nein, im Bratentopf«, antwortet Mama. »Ich wollte eben das Gulasch hineintun. Aber ob Bratentopf oder Suppentopf, das ist doch egal. Ich will ja den Teufel weder braten noch kochen.«
Katja nimmt den Teufel aus Mamas Hand und sieht ihn nachdenklich an.
»Du brauchst ihn doch zum Theaterspielen«, sagt Mama noch. Dann geht sie wieder hinaus in die Küche.

Mama hat Recht. Der Teufel gehört dazu. Er und der Kasper, die Prinzessin und der König, der Polizist und der Räuber gehören zusammen. Nur spuken soll der Teufel nicht mehr. Auf gar keinen Fall!
Katja hat keine Ahnung, wie er aus dem Suppentopf heraus- und in den Bratentopf hineingekommen ist. Sie wirft den Teufel zu den anderen Puppen in die Spielkiste. Da mag er tagsüber bleiben. Aber für heute Abend muss sie sich etwas anderes ausdenken. Etwas, aus dem der Teufel bestimmt nicht herauskann.

Vampirgeschichten

Mit Bildern von Angela Weinhold

Was man über Vampire wissen muss

- Vampire schlafen bei Tag (am liebsten in Särgen) und stehen erst auf, wenn es dunkel ist.
- Sie haben lange scharfe Eckzähne. Damit beißen sie ahnungslose Menschen (manchmal auch Tiere). Anschließend saugen sie ihnen das Blut aus.
- Wer von ihnen gebissen wurde, wird auch ein Vampir.
- Sie können sich in Fledermäuse oder in Wölfe verwandeln.
- Sie fürchten besonders dreierlei: Kreuz, Knoblauch und Sonnenlicht. Wenn man das weiß, muss man keine Angst vor ihnen haben.

Willi Vampir

Es war eine helle Mondnacht. Die Kirchturmuhr hatte eben elf geschlagen. Aber Willi Vampir wollte nicht wach werden. Mutter Vampir rüttelte ihn an der Schulter. »Aufstehen, Willi!«, rief sie. »Die Nacht ist kurz und wir haben noch einen weiten Weg vor uns.«

Vater Vampir stand vor dem Spiegel und putzte sich die Zähne:

hin und her

und auf und ab. Ein Vampir muss seine Zähne besonders gut pflegen.
Endlich schlug Willi Vampir mühsam die Augen auf.
»Keine Nacht kann man richtig ausschlafen!«, sagte er mürrisch. »Immer wenn ich am schönsten träume, muss ich aufstehen.«
»Hast du denn keinen Hunger?«, fragte die Mutter. »Mir knurrt schon der Magen.«
»Doch, Hunger habe ich schon«, sagte Willi Vampir und leckte sich die Lippen. »Am liebsten möchte ich Bohneneintopf mit Speck.«
»Wie kommst du denn darauf?«, wollte die Mutter wissen.
»Da, wo wir gestern Nacht waren, stand welcher auf dem Herd«, antwortete Willi Vampir. »Mhm, wirklich sehr, sehr lecker!«
»Nun mach schon, dass du aus dem Sarg kommst!«, befahl der Vater. »Heute Nacht

fliegen wir noch zum Schloss hinter den Bergen.«
»Oh, fein!«, sagte die Mutter. »Oben im Turm ist ein Fenster entzwei. Da können wir bequem einsteigen.«
»Es ist so weit bis dahin«, seufzte Willi Vampir. Er setzte sich auf und gähnte.
Der Vater schüttelte den Kopf. »Es gefällt mir gar nicht, dass der Junge immer noch seine Milchzähne hat«, sagte er. »Ich möchte wissen, wann er endlich so schöne scharfe Eckzähne kriegt wie wir.«
»Das kommt schon noch«, meinte die Mutter. »Willi ist eben ein Spätentwickler.«
»Hoffentlich ist er nicht aus der Art geschlagen«, sagte der Vater düster.
Bald darauf flogen Vater, Mutter und Willi Vampir auf Fledermausflügeln den Bergen entgegen. Kurz nach Mitternacht erreichten sie das Schloss. Schnell fanden sie das zerbrochene Fenster im Turm und kletterten lautlos hinein.

»Haltet euch dicht hinter mir!«, flüsterte Vater Vampir. »Ich kenne den Weg.«
Zuerst ging es eine Wendeltreppe hinunter und dann einen langen Gang entlang. Am Ende war ein Fenster, durch das der Mond schien.
Vater und Mutter Vampir drehten sich um. Willi Vampir war nicht da. Der Vater knurrte

vor Zorn. Die Mutter zischte empört wie eine Schlange. Beide waren sehr hungrig und durstig. Doch sie beschlossen zuerst nach Willi zu suchen.
Sie suchten die ganze Nacht, aber ihren Sohn fanden sie nicht. Der Himmel wurde im Osten schon hell.
»Wir müssen heim!«, sagte Vater Vampir.
»Vielleicht ist Willi bereits zurückgeflogen.

Vielleicht liegt er schon in seinem Sarg.«
Die Eltern verschnauften noch einen Augenblick auf der Schlossmauer. Da sahen sie, wie sich im Gras vor dem Gärtnerhaus etwas bewegte.
»Ein Kaninchen!«, vermutete die Mutter.
»Fangen wir es! Ein Kaninchen ist besser als gar nichts.«
Aber es war kein Kaninchen. Es war Willi Vampir. Er kam zu Fuß durch den Garten und kaute an einer Tomate.
»Das kann doch nicht wahr sein!«, rief Vater Vampir und flatterte eilig hinüber. Und

Mutter Vampir folgte ihm. Beide schimpften ihren Sohn gewaltig aus, aber der lachte nur.
»Ich habe den Gärtner besucht«, sagte er. »Er hat mir viel erzählt. Er ist sehr nett.«
»Hast du ihn …?«, fragte der Vater.
»Nein!«, antwortete Willi Vampir. »Er hat mir Tomaten geschenkt. Sie schmecken wunderbar.«
Seine Eltern sahen ihn fassungslos an.
»Wenn ich groß bin, werde ich Gärtner!«, erklärte Willi Vampir. »Das ist ein schöner Beruf und ein herrliches Leben. Man schläft die ganze Nacht, bis die Sonne aufgeht. Man liegt in einem warmen Bett und nicht in einem kalten Sarg. Man erntet Spinat, Tomaten und Bohnen. Es ist genau das Richtige für mich.«
Vater und Mutter Vampir versuchten alles, um ihren Sohn von seinem Plan abzubringen. Sie flogen mit ihm nach Hause und redeten drei Nächte hindurch

auf ihn ein. Sie aßen nicht, sie tranken nicht und beim Morgengrauen sanken sie erschöpft in ihre Särge.

»So geht das nicht weiter!«, sagte Vater Vampir endlich. »Wir müssen etwas tun, wenn wir nicht alle drei ein schlimmes Ende nehmen sollen.«

Da machten sie sich in der vierten Nacht auf

und flogen zum Schloss. Vor dem Gärtnerhaus ließen sie sich nieder und klopften an die Tür.
Der Gärtner öffnete und erschrak. Vor Willi Vampir fürchtete er sich nicht, aber dessen Eltern machten ihm Angst.
»Schon gut, mein Freund!«, sagte Vater Vampir. »Wir sind nur gekommen, um unseren Sohn bei dir in die Lehre zu geben. Er hat es sich in den Kopf gesetzt Gärtner zu werden wie du.«
»Oha!«, rief der Gärtner erstaunt.
»Die Trennung fällt uns nicht leicht«, sagte

der Vater. »Aber wenn Willi bei dir glücklicher ist als bei uns, müssen wir uns wohl damit abfinden.«

»Ich werde ganz bestimmt gut auf ihn aufpassen«, versprach der Gärtner. »Morgen will ich Knoblauch ernten. Da kann er mir helfen.«

Willi Vampir klatschte erfreut in die Hände und ließ sich ins Haus führen. Seine Eltern aber breiteten leise ihre Flügel aus und flogen schnuppernd und schnüffelnd davon.

Der Onkel aus Vampirien

Am Dienstag bekam Familie Mühlmann ein Telegramm. Das lautete:

Ankomme Mittwochabend neun Uhr.
Freue mich schon.
Euer Onkel Olaf aus Vampirien.

Die Familienmitglieder sahen sich alle erstaunt an.
Herr und Frau Mühlmann hatten fünf Kinder: die große Tochter Anna, die mittleren Söhne Otto und Ede und die kleinen Zwillinge Paul und Paulinchen.
Dann war da noch die alte Tante Klara. Die führte der Familie den Haushalt. Sie war einerseits sehr beliebt. Denn sie kochte vortrefflich. Andererseits war sie sehr

unbeliebt. Denn sie schimpfte zu viel. Tante Klara schimpfte mit den Kindern, weil sie so viel Schmutz ins Haus trugen. Sie schimpfte mit Herrn Mühlmann, weil er so viel rauchte. Und sie schimpfte mit Frau Mühlmann, weil sie immer so viel telefonierte.
Jetzt hatte Familie Mühlmann also ein Telegramm bekommen. Keiner kannte den Absender.

»Wer ist Onkel Olaf?«, fragte Herr Mühlmann.
»Wo liegt Vampirien?«, fragte Frau Mühlmann.
»Besuch haben wir gern«, sagten die Kinder. »Hoffentlich ist der Onkel lustig!«
»Noch ein Esser mehr«, murrte Tante Klara. »Ein Glück, dass er erst nach dem Abendbrot kommt.«
Am nächsten Abend um neun Uhr klingelte es an der Tür. Herr Mühlmann ging öffnen. Draußen stand ein langer, dünner Mann mit blassem Gesicht und dunklem Bart. Er trug einen schwarzen Hut und einen schwarzen Mantel. Das war also Onkel Olaf aus Vampirien!
Er kam herein und schüttelte allen die Hand. Nur Frau Mühlmann küsste er auf beide Wangen. Ja, er legte den Kopf sogar einen Augenblick auf ihre Schulter.
»Tu doch nicht so fremd!«, sagte er, als Frau Mühlmann zurückfuhr. »Ich bin

schließlich der jüngste Bruder deiner Großtante Ida. Erinnerst du dich nicht?«
Frau Mühlmann schüttelte den Kopf. Den Rest des Abends war sie bleich und still. Sie sagte bald gute Nacht und ging schlafen.
»Ich bin auch müde«, sagte Onkel Olaf. »Die Reise hat mich angestrengt. Ich möchte übrigens gern im Keller schlafen, wenn es keine Mühe macht.«

Tante Klara murrte ein wenig. Aber dann holte sie das Bettzeug. Und Onkel Olaf verschwand damit im Keller. Er war wohl tatsächlich sehr müde. Denn er schlief auch noch den ganzen nächsten Tag hindurch.
Mit Frau Mühlmann ging es seltsamerweise genauso. Sie schlief und schlief. Niemand konnte sie wecken. Sie knurrte im Schlaf, wenn jemand die Vorhänge aufziehen wollte.
Erst beim Abendbrot trafen sich alle wieder. Frau Mühlmann umarmte Herrn Mühlmann und sagte: »Wie schön dich zu sehen, mein Schatz.«
»Das hättest du früher haben können«, antwortete Herr Mühlmann.
Frau Mühlmann küsste ihn auf beide Wangen. Dann legte sie den Kopf auf seine Schulter. Herr Mühlmann zuckte ein wenig zusammen.
Onkel Olaf umarmte die große Tochter

Anna. Er sagte: »Ich sehe erst heute, wie schön du bist!«
Anna hörte das gern. Aber dass Onkel Olaf sie küsste, mochte sie nicht. Und als er seinen Kopf gar auf ihre Schulter legte, schüttelte sie sich.
Für den Rest des Abends waren Herr Mühlmann und Anna bleich und still. Sie sagten bald gute Nacht und gingen schlafen.
Sie wurden auch am nächsten Morgen nicht wach. Sie schliefen den ganzen Tag

hindurch – genau wie Frau Mühlmann und Onkel Olaf.
Beim Abendbrot war dann allerhand los.
Onkel Olaf umarmte Otto.
Frau Mühlmann umarmte Ede.
Herr Mühlmann umarmte Paul.
Anna umarmte Paulinchen.
Nur die alte Tante Klara blieb ungeküsst.
Sie schüttelte den Kopf und räumte den Tisch ab. Alle anderen waren schon schlafen gegangen.
Am nächsten Tag setzte Tante Klara sich in den Garten. Sie legte die Hände in den Schoß. Im Haus gab es nicht viel zu tun.

Alle schliefen. Sie standen erst zum Abendbrot auf. Diesmal gab es keine Umarmungen.

»Ich reise heute ab«, sagte Onkel Olaf. »Wer Lust hat, kann mit nach Vampirien kommen.«

»Ja, wir haben Lust!«, riefen alle.

»Ich habe auch Lust!«, rief Tante Klara.

Onkel Olaf schüttelte den Kopf. »Nach Vampirien dürfen nur Vampire.«

»Sind denn die anderen Vampire?«, fragte Tante Klara.

»Ja sicher!«, sagte Onkel Olaf. »Hast du das nicht gemerkt?«

»Ich will aber nicht allein hier bleiben«, jammerte Tante Klara. »Und ihr braucht auch in Vampirien jemand, der euch den Haushalt führt.«

»Dann musst du eben auch ein Vampir werden«, sagte Onkel Olaf.

»Ich bitte darum!«, sagte Tante Klara.

Onkel Olaf blickte in die Runde. »Einer von

uns muss Tante Klara umarmen und küssen.«
Herr und Frau Mühlmann wollten nicht.
Auch die Kinder hatten keine Lust.
»Na gut!«, seufzte Onkel Olaf. »Ich sehe schon, es bleibt an mir hängen. Immerhin habe ich die meiste Übung.«
Er nahm Tante Klara in den Arm. Er küsste sie auf beide Wangen. Er legte seinen Kopf auf ihre Schulter.
Die alte Tante Klara kicherte. »Dein Bart kitzelt so!«, sagte sie.
»Also dann auf nach Vampirien!«, rief Onkel Olaf.

Sie verließen das Haus. Wie auf Flügeln der Nacht rauschten sie alle davon. Der Familie Mühlmann mitsamt der alten Tante Klara gefiel es in Vampirien sehr gut. Aber am besten gefiel es ihnen, dass sie alle zusammen waren.

Der stumme Bräutigam

Ein Stück hinter dem Dorf lag ein altes, prächtiges Schloss. Darin wohnte ein Graf. Der war alt und grau. Die Leute fanden ihn seltsam. Bei Tag ließ er sich nicht sehen. Aber am Abend ritt er ins Dorf. Er band sein Pferd auf dem Marktplatz an einen Baum und ging ins Wirtshaus. Dort setzte er sich in die dunkelste Ecke. Er sprach mit niemandem und lächelte auch niemanden an. Sein Mund blieb ernst und fest geschlossen. Er zeigte mit dem Finger auf den Wein, den er trinken wollte. Das Geld dafür legte er stumm auf den Tisch.
Der Wirt hatte eine sehr schöne Tochter. Die half ihm in der Gaststube. Sie hatte blonde Haare und blaue Augen. Ihr Name war Rosa.

Der Graf ließ Rosa nicht aus den Augen. Wenn sie ihm seinen Wein brachte, legte er seine kalte Hand auf ihre warme. Dann bekam das Mädchen jedes Mal eine Gänsehaut.
Eines Abends kam der Graf später als sonst. Er setzte sich in seine dunkle Ecke und winkte dem Wirt. Dann warf er einen schweren Beutel Gold auf den Tisch und zeigte auf Rosa.
Der Wirt erschrak. Er fragte: »Wollt Ihr meine Tochter haben? Wollt Ihr mir Gold für sie geben?«
Der Graf nickte.
»Wollt Ihr Rosa mit auf Euer Schloss nehmen?«, fragte der Wirt.
Wieder nickte der Graf. Dabei zog er einen goldenen Ring aus der Tasche.
»Wollt Ihr sie etwa heiraten?«, fragte der Wirt.
Da nickte der Graf zum dritten Mal.
Der Wirt nahm das Gold und rief seine

Tochter. Der Graf steckte ihr den Ring an den Finger.

Rosa war keine glückliche Braut. Sie fürchtete sich sehr vor ihrem stummen, ernsten Bräutigam. Sie hätte viel lieber einen hübschen jungen Dorfburschen geheiratet.

Sie fragte den Grafen: »Wann soll denn die Hochzeit sein?«

Der Graf hob drei Finger in die Höhe.
»In drei Monaten?«, fragte Rosa.
Der Graf schüttelte den Kopf.
»In drei Wochen?«, fragte Rosa.
Wieder schüttelte der Graf den Kopf.
»In drei Tagen?«, fragte Rosa.
Da nickte der Graf.
Rosa ging in ihre Kammer und schloss sich ein. Erst am dritten Tag kam sie wieder heraus und lief in die Küche. Dort backte sie einen Apfelkuchen.
Am Abend fuhr der Graf mit Pferd und Wagen vor das Wirtshaus. Er wollte seine Braut abholen. Rosa ging ihm zitternd entgegen.
Sie fragte: »Hast du mich überhaupt lieb?«
Der Graf nickte. Seine Augen glühten.
Rosa sagte: »So lach mich doch ein einziges Mal an.«
Der Graf verzog seinen Mund zu einem Lächeln, aber seine Lippen blieben geschlossen.

Rosa ergriff ihn am Arm und zog ihn auf eine Bank. Dann lief sie in die Küche und holte den Apfelkuchen. Sie sagte: »Wir wollen zusammen essen, ehe ich mit dir gehe.«

Der Graf sah sie finster an, aber er konnte ihr diese Bitte nicht abschlagen.

Rosa deckte den Tisch und legte jedem ein

Stück Kuchen auf den Teller. Dann sagte sie: »Lass es dir schmecken!«
Der Graf langte zu. Da schrie Rosa laut auf. Alle Leute in der Gaststube blickten zu ihnen herüber. Und alle sahen sie die beiden schrecklichen Eckzähne im Mund des Grafen.
»Er ist ein Vampir!«, rief Rosa. »Oh, lasst

es nicht zu, dass er mich auf sein Schloss mitnimmt!«
Der Graf sprang auf und stürzte hinaus in die Nacht. Die andern drängten ihm nach. Sie versuchten vergeblich ihn zu ergreifen. Schon saß er auf dem Kutschbock und gab

seinem Pferd die Peitsche. Es stob mit dem Wagen davon.
Am nächsten Morgen durchsuchten ein paar mutige Männer das Schloss. Aber den Grafen fanden sie nicht. Auch Pferd und Wagen waren verschwunden. Im Keller stießen die Männer auf einen verstaubten Sarg. Doch der war leer.

Das fremde Kind

Isa hatte Geburtstag. Sie wurde acht Jahre alt. Auf ihrem Gabentisch lagen schöne Geschenke. In der Mitte saß eine neue Puppe. So eine hatte sich Isa schon lange gewünscht. Ein Buch war auch da: *Dracula, der König der Vampire.* Isa las gern unheimliche Geschichten.

Tante Sabine hatte ihr ein Päckchen geschickt. Tante Sabine war Isas Patentante. Neugierig packte Isa das Geschenk aus. In einem hübschen Kästchen lag auf weißer Watte ein kleines silbernes Kreuz. Es hing an einer feinen Silberkette. In der Mitte blitzte ein grüner Stein.

»Oh, wie schön!«, rief Isa. Aber sie legte die

Kette noch nicht um. Alle Geschenke sollten erst noch auf dem Gabentisch liegen bleiben.
Für den Nachmittag hatte Isa acht Kinder aus ihrer Klasse eingeladen.
Die Geburtstagsfeier fand im Garten statt.
Es war ein schöner Sommertag.
Zuerst gab es Kakao und Kuchen. Danach machten sie viele Spiele. Alle waren sehr lustig.
Als es dunkel wurde, brachte die Mutter das Abendbrot.
Es gab Kartoffelsalat mit Würstchen, dazu viel Limonade. Zwischen den Bäumen

schaukelten bunte Lampions. »Aaah!«, machten alle.
»Es ist ein schöner Geburtstag!«, dachte Isa. Zufällig streifte ihr Blick den Gartenzaun. Da stand ein fremdes Kind und sah sehnsüchtig herüber. Es trug einen weiten schwarzen Umhang. Weder Arme noch Beine waren zu sehen. War es ein Junge oder ein Mädchen? Isa wusste es nicht. Aber das Kind musste ungefähr so alt sein wie sie.

»Schau nur, da ist noch ein Besuch gekommen«, sagte die Mutter. »Ist es ein Kind aus deiner Klasse?«
»Nein«, antwortete Isa, »ich kenne es gar nicht.«
»Aber es will dir bestimmt gratulieren«, meinte die Mutter. »Hol es doch herein! Es kann mit euch Abendbrot essen.«
Da lief Isa zum Gartenzaun.
»Bist du auch zu meinem Geburtstag gekommen?«, fragte sie.
Das Kind nickte. Es hatte ein feines blasses Gesicht mit dunklen Augen. Die glatten schwarzen Haare fielen bis auf den Kragen.
»Ich habe dir etwas mitgebracht«, sagte das fremde Kind und streckte ein weißes Händchen aus dem Umhang.
Isa nahm das Geschenk. Es war ein glatter schwarzer Stein, etwa so groß wie ein Ei.

»Es ist ein Glücksstein«, sagte das Kind. »Du musst ihn Tag und Nacht bei dir tragen.«
Isa öffnete das Gartentor. »Wie heißt du?«, fragte sie.
»Culadra«, antwortete das Kind.
Das klang merkwürdig. Sicher war es ein ausländischer Name.
Die anderen Kinder rückten zusammen. Culadra setzte sich neben Isa. Den Stein legte die Mutter zu den übrigen Geschenken. Er fühlte sich warm an und strömte einen eigenartigen Geruch aus.
»Du meine Güte!«, sagte die Mutter leise zum Vater. »Er sieht fast aus wie eine Ratte.«
Die Eltern gingen ins Haus und ließen die Kinder allein. Vorher hatten alle gelacht und geschwatzt. Jetzt waren sie seltsam still. Culadra saß so dicht neben Isa, dass es schon unangenehm war. Der schwarze Umhang roch nach Mottenpulver.

Nach dem Abendbrot spielten alle Verstecken. Culadra musste suchen. Isa schlüpfte in die Lücke zwischen Gartenschuppen und Fliederbaum. Sie machte sich so klein wie möglich. Aber schon fühlte sie ein kaltes Händchen im Nacken.
»Jetzt hab ich dich!«, sagte Culadra und Isa erschrak.
Culadras Gesicht war dicht über ihr. Die Nase schnüffelte wie die eines Hundes. Die Zähne blitzten im Mondlicht. Irgendetwas war nicht in Ordnung damit.
Isa schrie laut auf und riss sich los. Sie rannte auf die Lampions zu. Culadra hinter ihr her.
Isa lief zum Gabentisch. Sie wusste eigentlich gar nicht, warum. Nur einen Augenblick zögerte sie. Dann griff sie mit zitternden Fingern nach dem Silberkettchen mit dem Kreuz daran. Blitzschnell streifte sie es über den Kopf. Sie drehte sich um.

Culadra wich sofort zurück. Culadra fauchte wie eine wütende Katze. Culadra bedeckte das Gesicht mit beiden Händen. Culadra floh.

Voller Ekel ergriff Isa den schwarzen Stein und warf ihn hinterher. Man hörte keinen Aufschlag.

Die anderen Kinder und Isas Eltern kamen gelaufen.

»Culadra ist fort!«, sagte Isa. »Ich weiß

jetzt, was der seltsame Name bedeutet. Wenn man die Silben vertauscht, wird DRACULA daraus.«

Finettchen Fledermaus

Auf dem Dachboden des alten Schulhauses wohnte Familie Fledermaus: Vater und Mutter mit ihren fünf Kindern. Das jüngste Kind hieß Finettchen und war ein keckes Ding.

Die sieben Fledermäuse fühlten sich da oben sehr wohl. Sie liebten das alte Gerümpel, das überall herumlag. Sie liebten auch Staub, Schimmel und Spinnweben. Davon gab es mehr als genug.

Tagsüber hingen alle mit den Köpfen nach unten an einer alten Gardinenstange und schliefen. Nachts flogen sie durch ein zerbrochenes Fenster hinaus. Dann flatterten sie stundenlang um die Türme von

Kirche und Rathaus. Sie hatten viel Spaß dabei und sie konnten gar nicht genug davon kriegen.
In einer schönen Mondnacht sagte der Vater: »Heute wollen wir zur alten Burg hinüberfliegen. Alle Fenster sind hell erleuchtet. Mir scheint, da ist etwas los.«
»Hoffentlich wird es den Kindern nicht zu viel«, meinte die Mutter.
»O nein, es wird uns bestimmt nicht zu viel«, schrien die Kinder.
Die Burg hatte mehrere Türme.

Um die konnte man herrlich herumflattern. Und überhaupt wollten sie gern einmal etwas Neues sehen.
Besonders Finettchen hatte große Lust auf ein Abenteuer. Sie schrie am allerlautesten und sie flatterte allen voran.
Zuerst kreisten die sieben Fledermäuse eine Weile um die Türme der Burg. Die waren sehr hoch. Man bekam ordentlich Herzklopfen dabei. Dann hängten sie sich zum Verschnaufen an eine Fahnenstange. Von da aus konnte man alles sehen, was in der Burg vor sich ging.
Überall brannten Kerzen. Vornehme Damen und Herren gingen Arm in Arm auf und ab. Die Damen trugen schöne bunte Ballkleider, die Herren feine schwarze Anzüge. Auf einer Empore saßen vier Musikanten und spielten zum Tanz auf.
»Oh, wie schön!«, rief Finettchen. »Auf so ein Fest möchte ich auch einmal gehen. Das müsste herrlich sein.«

»Aber nicht lange«, sagte der Vater. »Schau nur, was die feinen Leute für Zähne haben. Es sind lauter Vampire!«
»Vampire sind nett«, behauptete Finettchen. »Irgendwie sind sie mit uns verwandt. Schließlich können sich Vampire in Fledermäuse verwandeln.«
»Ja, aber Fledermäuse nicht in Vampire«, sagte die Mutter. »Höchstens, wenn sie gebissen werden.«
»Ich glaube nicht, dass sie mich beißen würden«, meinte Finettchen.
»Darauf möchte ich es nicht ankommen lassen«, sagte der Vater. »So, nun wird noch ein Stündchen geflattert und dann ab nach Hause!«
Eine Stunde später machte sich Familie Fledermaus auf den Heimweg. Aber nur sechs von ihnen kamen auf dem Dachboden an. Finettchen fehlte.
Finettchen war nämlich auf halbem Weg heimlich umgekehrt und zur alten Burg

zurückgeflogen. Sie zögerte nicht lange, sondern schlüpfte einfach durch ein angelehntes Fenster hinein.
Eine Weile saß Finettchen unbemerkt auf der Fensterbank. Dann näherte sich ein weißhaariger alter Herr und fragte nicht unfreundlich: »Was machst du denn da?«
»Ich schaue zu«, antwortete die kleine Fledermaus. »Viel lieber möchte ich allerdings mittanzen.«
»So komm!«, sagte der alte Herr. »Ich bin der Gastgeber und lade dich ein.«

»Das ist nett«, antwortete Finettchen. »Ich kann allerdings gar nicht tanzen.«
»Du wirst es schon lernen«, meinte er.
»Aber nun nimm deine wahre Gestalt an!«
Finettchen tippte sich auf die Brust.
»Dies ist meine wahre Gestalt«, sagte sie.
»Ich bin nur eine Fledermaus und sonst gar nichts.«
Der alte Herr lachte, dass seine spitzen Eckzähne blitzten. »Soso, und sonst gar

nichts. Na, dann komm mit!« Da flatterte Finettchen hinter ihm her.

Die Vampire waren alle sehr groß und Finettchen war sehr klein. Aber das machte nichts aus. Sie tanzten Polonäse. Der Gastgeber und die Fledermaus führten sie an.

Als der Morgen graute, war Finettchen noch längst nicht müde. Doch der alte Vampir gähnte und sprach: »Ich werde dich jetzt nach Hause bringen. Ehe die Sonne aufgeht, muss ich wieder zurück sein.«

Er sprang behände auf die Fensterbank. Als seine Füße die Mauer berührten, verwandelte er sich in eine riesige Fledermaus. Finettchen lachte. Dann flogen die beiden Seite an Seite ins Dorf hinab.

Finettchens Eltern standen am Fenster und blickten sorgenvoll in die Nacht. Sie waren sehr froh, als sie ihr jüngstes Kind wiederhatten.

»Aber nun marsch an die Gardinenstange!«, sagte der Vater. »Wo hast du dich nur herumgetrieben?«

»Ich habe die Kleine im Wald gefunden«, erklärte der alte Vampir. Aber er gab sich nicht als solcher zu erkennen. »Sie war wohl müde vom Fliegen. Ich habe sie nach Hause gebracht, damit sie nicht irgendwelchem Nachtgesindel in die Hände fällt.«

»Zu liebenswürdig!«, sagte der Vater. »Sind wir übrigens miteinander verwandt?«

»Höchstens sehr entfernt«, antwortete der alte Vampir. Dann schwang er sich hoch in die Luft.

Finettchen hing schon an der Gardinenstange. »Er hat mich gar nicht gebissen!«, murmelte sie zufrieden.
»Das wollte ich ihm auch geraten haben!«, sagte der Vater.

Nebenan

Sascha war mit seinen Eltern in eine neue Wohnung gezogen. Das Haus lag im Grünen am Rande der Stadt. Es wohnten fünf Familien darin. Alle Leute waren sehr nett.
Nur der Nachbar von nebenan ließ sich nicht sehen. Die Rollläden vor seinen Fenstern wurden nie hochgezogen.
Sascha war das egal. Der Nachbar hatte sowieso keine Kinder.
»Es ist ein allein stehender Herr«, hatte der Hauswirt erklärt. »Er macht keinen Lärm und bezahlt regelmäßig seine Miete. Sonst weiß ich nichts über ihn.«
Sascha hatte ein schönes Zimmer mit Balkon zum Garten. Er lebte sich rasch ein.

Eines Abends las Sascha noch spät in einem Gespensterbuch. Eigentlich hätte er längst schlafen sollen. Aber die Geschichte war gerade so spannend. Plötzlich hörte er, wie in der Wohnung nebenan die Rollläden hochgezogen wurden. Gleich darauf quietschte die Balkontür.
Neugierig stand Sascha auf. Er zog seine eigenen Rollläden so weit hoch, dass er hindurchspähen konnte. Er brauchte nicht lange zu warten.
Auf dem Balkon nebenan erschien eine dunkle Gestalt. Sie schwang sich auf die Brüstung und blieb einen Augenblick mit ausgebreiteten Armen dort stehen. Ein schwarzer Umhang fiel schwer von den Schultern.
Sascha lief es eiskalt den Rücken runter. Die dunkle Gestalt flog davon! Wie ein großer Vogel flatterte sie über den Garten, stieg höher und höher, dem Mond entgegen. Bald war sie nur noch ein

Schatten vor seiner vollen, runden Scheibe.
Es war der Schatten einer Fledermaus.
Am nächsten Tag ging Sascha in den Supermarkt und kaufte eine sehr lange Girlande Knoblauch. Mindestens zwanzig Zwiebeln hingen daran.
»Du meine Güte!«, sagte das Fräulein an der Kasse. »Was willst du denn damit?«

»Meine Mutter braucht eben so viel«, antwortete Sascha und stopfte die Girlande in eine Plastiktüte.
Zu Hause versteckte er sie unter seinem Bett. Als die Mutter ihm gute Nacht sagte, hob sie schnuppernd die Nase.
»Es riecht hier so komisch. Wir wollen lieber frische Luft hereinlassen.«
»Ja, mach das Fenster weit auf«, sagte Sascha. »Und lass die Rollläden oben. Ich habe den Nachtwind so gern.«
Als die Mutter fort war, las er wieder in seinem Gespensterbuch. Sein Herz klopfte laut vor Spannung, aber nicht nur wegen der Geschichte.
Endlich hörte er, wie nebenan die Rollläden hochgezogen wurden. Er schlüpfte aus dem Bett und versteckte sich hinter dem Vorhang. Bald darauf trat nebenan wieder die dunkle Gestalt auf den Balkon, breitete die Arme aus und flog dem Mond entgegen. Da holte Sascha geschwind den Knoblauch

unter seinem Bett hervor und trat damit in die frische Nachtluft hinaus. Vom Balkon kletterte er auf den von nebenan. Das war nicht schwer.
Mit einem Stück Schnur befestigte er den Knoblauch am Griff des geöffneten Fensters. Dann kletterte er leise wieder zurück. Er schloss seine Rollläden ganz fest.
Im Morgengrauen erwachte er von einem schrecklichen Schrei. Nebenan klirrte eine Fensterscheibe. Dann wurden die Rollläden rasselnd heruntergelassen.
Als Sascha am nächsten Abend mit seinen Eltern bei Bratkartoffeln und Butterbrot saß, hörten sie, wie nebenan die Wohnungstür geöffnet wurde, gleich darauf unten die Haustür.
Sie traten alle ans Fenster und sahen auf die Straße. Dort stand ein Planwagen mit Kutscher und Pferd. Zwei Männer schleppten eben eine schwere Truhe aus dem Haus.

»Huuh!«, machte die Mutter. »Das sieht ja aus wie ein Sarg!«
»Mir scheint, unser Nachbar zieht aus«, sagte der Vater. »Warum nur so spät am Abend?«
»Gut, dass er weg ist!«, meinte Sascha und machte sich mit Genuss über seine Bratkartoffeln her.